KB217931

신경호 창작동화

신경호 창작동화

리버

창해

| 차례 |

1
애완견 센터

드르륵.

셔터 올리는 소리가 났다. 이윽고 환한 유리창 밖으로 세상이 보였다. 밖에는 비가 내리고 있었다. 자동차들이 물방울을 튀기며 지나가고 거리에는 우산을 쓴 사람들이 드문드문 보였다.

딸랑.

가게 문이 열리고 주인아저씨가 들어왔다. 갑자기 가게 안이 소란스러워졌다. 철창 속의 개들은 서로 자기가 더 반가워한다는 걸 알리려는 듯 짖거나 뛰었다. 특히 빨간 철창 속 치와와는 앞발로 철창을 긁기도 하고 요란하게 짖기도 했다.

–유치해!

나는 치와와를 보며 피식 웃고는 점잖게 유리창 밖을 내다보았다. 어제는 여기에서 다섯 친구가 새로운 주인을 만나서 떠났다. 푸들 둘, 퍼그와 보스턴테리어 그리고 달마티안. 그 친구들은 아주 으스대며 애완견 센터를 떠났다.

주인아저씨가 개들에게 사료를 주며 인사한다. 똑같은 일상이 오늘도 시작된다.

“어이, 골든리트리버 잘 잤니? 많이 먹어라.”

아저씨는 내 앞에 놓인 그릇에 사료를 부어 주며 말했다.

골든리트리버. 나를 부르는 이름이다. 치와와, 푸들, 요크셔테리어, 달마티안, 그레이하운드……. 여기서는 모두 이렇게 품종으로 불린다. 아저씨는 개의 품종을 다 알 뿐만 아니라 특성도 잘 안다. 손님이 와서 물어보면 자세히 설명해 주어야 하기 때문이다. 아저씨가 손님에게 하는 설명에 따르면, 골든리트리버는 아름다운 황금색 털 때문에 붙여진 이름이라고 한다. 그만큼 전통 있고 외모가 훌륭하다는 말씀이다. 더욱이 우리 골든리트리버 가문의 개들은 다른 개들이 넘볼 수 없는 훌륭한 일을 한다. 경찰들과 함께 범인을 잡는가 하면 사람도 구한다. 또 눈이 보이지 않는 사람들을 안내하거나 마음 아픈 사람들을 치료하는 일도 한다. 이 모든 것은 골든리트리버가 똑똑하면서도 온순하고 충성심이 강한 덕분이라고 한다.

나는 주인아저씨를 향해 꼬리를 흔들었다. 사람들은 우리가 꼬리를 흔들어 주면 아주 좋아한다. 나는 자랑스러운 골든리트리버답게 머리가 좋아서 사람들이 뭘 좋아하는지 잘 안다. 그런데 왜 이렇게 똑똑하고 멋있는 나를 데려가는 사람이 없을까. 여기에 온 지 다섯 달이 지나도록 말이다.

나는 입맛이 별로 없었다. 사료가 가득 담긴 그릇을 물끄러미 내려다보다가 빈 입을 다시며 빗방울 맺힌 유리창을 바라보았다. 이 작은 철창 안에서는 할 일이 별로 없다. 먹이를 먹거나 다른 개들과 수다를 떠는 게 고작이다. 그런데 나는 다른 개들과 떠드는 것을 그다지 좋아하지 않는다. 치와와처럼 작은 개들은 너무 소란스럽고, 시베리안허스키나 말라뮤트처럼 큰 개들은 너무 잘난 척을 한다. 그러다 보니 나는 혼자 생각하는 시간이 많아졌다.

빗줄기가 더 거세지는 걸 보니 오늘은 손님이 거의 없을 것이다. 비가 많이 오는 날에는 그렇다.

나는 창문 밖을 무심코 쳐다보았다. 그때 길 건너 주유소에 하얀 자동차가 들어섰다. 주유소 아저씨가 자동차에 기름을 넣는 사이 뒷좌석 문이 열렸다. 개구쟁이 같은 남자아이 둘이 차에서 내려서 화장실로 냅다 달려갔다. 그때 나는 보았다. 뒷좌석에 엎드려 있는 보드라운 황금빛 털의 조그마한 강아지를. 나는 더 자세히 보려고 자리에서 벌떡 일어섰다. 하지만 자동차 문은 금방 닫혔다. 얼마 뒤 남자아이들이 뒷좌석에 타려고 다시 문을 열었을 때는 그 강아지가 보이지 않았다.

-내가 잘못 봤나?

나는 눈을 몇 번이고 감았다 떴다. 그사이 하얀 자동차는 주유소를 빠져나갔고, 다음 자동차들이 꼬리를 물고 주유소로 들어왔다.

나는 조금 전에 본 것을 다시 떠올려 보았다. 분명 강아지였다. 보드라운 황금빛 털, 초롱초롱 빛나는 까만 눈동자…….

딸랑.

가벼운 종소리가 들렸다. 나는 가게 문을 돌아보았다. 다른 강아지들도 다 같이 문을 바라보았다. 빨간 우산을 접으며 뚱뚱한 아줌마와 날씬한 누나가 들어왔다. 아마 푸들이나 치와와를 보러 온 손님일 것이다. 우리 가게를 찾아오는 아줌마나 누나들은 거의가 작고 귀여운 강아지를 좋아한다. 저 누나는 아마 새로 산 강아지의 머리에 리본도 달아 주고 예쁜 슈퍼맨 옷도 입힐 것이다.

"엄마, 이 치와와 참 예쁘다."

-그렇지!

"응. 저기 하얀 푸들도 있네. 저 애도 예쁘지 않니?"

-거봐!

내 예상이 그대로 들어맞았지만 그렇게 기쁘지는 않았다. 오늘도 새 주인을 만나기는 틀린 것이 뻔하기 때문이다.

"정말 예쁘다. 둘 다 데려가고 싶어."

엄마와 딸이 가까이 다가오자 철창 안의 작은 강아지들은 온통 난리였다. 저마다 자기가 얼마나 귀엽고 예쁜지 자랑하려고 수선을 떨었다. 꼬리를 흔드는 하얀 푸들, 토끼처럼 깡충깡충 뛰는 페키니즈, 빙글빙글 맴도는 포메라니안…….

나는 그런 강아지들과 엄마와 딸을 번갈아 바라보았다.

"엄마, 저기 깡충깡충 뛰는 애 봐. 정말 귀엽지 않아?"

"그래, 정말 예쁘네. 저 애로 할까?"

"응! 저 강아지한테 옷 입히면 아주 예쁠 거야. 털도 분홍으로 염색해 줘야지. 호호호."

그 이야기를 뒤에서 듣고 있던 주인아저씨는 얼른 페키니즈를 철창에서 꺼냈다. 아저씨는 정신없이 꼬리를 흔들어 대는 페키니즈를 엄마와 딸 앞에 내밀고는 침을 튀겨 가며 칭찬을 늘어놓았다.

"허허허, 강아지 보는 안목이 있으시네요! 페키니즈는 1,500년 전부터 중국 황실에서 애완견으로 키운 개랍니다. 아가씨, 한번 안아 보세요. 아주 귀엽죠? 이 녀석은 머리가 좋고 동그란 눈이 아주 예쁜 게 특징이지요."

딸이 페키니즈의 머리를 쓰다듬었다. 동그란 두 눈으로 두 사람을 올려다보던 페키니즈는 딸의 손을 핥았다. 주인아저씨는 페키니즈를 딸의 품에 안겨 주었다.

-쳇! 좋겠다!

나는 콧방귀를 뀌며 고개를 돌렸다. 다른 강아지들은 페키니즈를 부러운 듯이 쳐다보다가 하나 둘 쪼그리고 앉았다.

유리창 너머로 서서히 날이 저물고 있었다. 비가 그쳤는지 지나가는 사람들은 모두 우산을 접어 손에 들고 있었다. 그런데 언제부터인지 여자아이와 남자아이 둘이서 애완견 센터 유리창에 찰싹 달라붙어 안을 들여다보고 있었다. 두 아이와 나의 눈이 마주쳤다. 그러자 남자아이가 나를 보고 빙긋 웃는 게 아닌가.

-흠흠. 뭐지, 저 애들은?

나는 조금 쑥스러워서 주위를 한 번 둘러보고는 아이들을 다시 쳐다봤다. 아이들은 나를 보고 있는 게 분명했다. 두 아이는 키도 비슷하고 생김새도 비슷한 것이, 아마 쌍둥이 남매인 듯했다. 그때 남자아이가 갑자기 나를 가리키며 뭐라고 말하자 여자아이가 고개를 끄덕였다. 아이들은 한동안 나를 쳐다보다가 자리를 떠났다.

그 뒤 며칠 동안 나는 여전히 유리창 너머로 세상 구경을 하며 하루하루를 보냈다. 오늘은 토요일이다. 토요일에는 손님이 많다. 손님이 많이 오면 주인아저씨가 가장 바쁘고 덩달아 철창 안 강아지들도 바빠진다. 손님들에게 잘 보이려면 신경 쓸 일이 많기 때문이다. 하지만 점잖은 골든리트리버는 다른 강아지들처럼 촐싹거리지 말아야 한다. 나는 가만히 앉아 있었다.

그런데 창밖을 무심히 바라보던 나는 자리에서 벌떡 일어났다. 며칠 전 한참 동안 애완견 센터 안을 들여다보던 두 아이가 보였기 때문이다. 갑자기 가슴이 두근거렸다. 이번에는 아이들만이 아니고 아빠와 엄마로 보이는 어른도 함께 있었다. 네 사람은 우리 애완견 센터로 성큼 들어섰다.

"아빠, 재야. 털이 황금색인 개."

남자아이가 나를 가리켰다. 옆에 있던 여자아이도 고개를 끄덕이고는 내 앞으로 가까이 와서 말했다.

"엄마, 이 개 멋있지?"

나는 쿵쾅거리는 가슴을 진정시키며 내 앞에 서 있는 가족을 바라보았다.

–정말 나를 찾아온 거야?

며칠 전 애완견 센터 밖에서 구경할 때부터 이미 아이들은 내가 마음에 들었던 모양이다. 나도 그 아이들이 마음에 들었다. 왠지 그 아이들과 함께 살면 행복할 것 같았다. 이제 엄마와 아빠만 허락하면 된다!

-가만, 이렇게 가만있으면 안 되지.

나는 앞다리에 힘을 줘 일어섰다. 곧게 뻗은 튼튼한 네 다리가 돋보이도록. 되도록 점잖고 멋있게 보여야 한다. 치와와나 푸들처럼 작은 강아지들은 예쁘고 귀엽게 보이려고 소란을 떨지만 나는 그래서는 안 된다. 나는 골든리트리버니까.

이윽고 내 모습을 물끄러미 쳐다보던 아빠의 얼굴에 미소가 번졌다.

"정말 귀엽다. 아주 잘생겼는걸."

그 말에 엄마가 고개를 끄덕였다.

"그러게요. 정말 예쁘네요."

귀엽고 예쁘다니? 점잖고 멋있어 보여야 하는데……. 하기는 아무래도 상관없다.

그때 주인아저씨가 가족들에게 다가와 말했다.

"허허허, 강아지 보는 안목이 있으시네요."

만날 같은 소리다. 아저씨는 가족들 사이를 비집고 들어와 내 앞에 서더니 또 침을 튀겨 가며 설명했다.

"이 녀석은 골든리트리버입니다. 태어난 지 5개월 됐어요. 지금은 귀엽고 예쁘지만, 좀 더 자라면 덩치도 크고 믿음직한 녀석이 될 겁니다. 골든리트리버는 머리가 좋고 순해서 구조견이나 시각장애인 안내견으로 쓰일 만큼 우수한 개랍니다."

그러고는 내가 있던 철창의 고리를 벗겼다.

"골든리트리버, 이리 나오너라."

나는 기다렸다는 듯 철창 밖으로 품위 있게 나갔다. 두 아이의 입이 동시에 벙싯 벌어졌다. 아빠가 내 머리를 쓰다듬었다. 나는 꼬리를 살랑살랑 흔들었다.

"골든리트리버, 앉아."

주인아저씨가 내 머리를 쓰다듬는 척하며 살짝 눌렀다. 나는 그냥 서서 아이들을 바라보고 싶었지만 아저씨의 말대로 사뿐히 앉았다. 그러자 온 가족이 박수를 치며 좋아했다.

"우와, 말도 잘 듣네."

"그러게. 훈련이 잘된 개인가 봐."

아이들이 웃으며 재잘거렸다. 사실 나는 훈련을 받은 적이 없다. 그저 어떻게 하면 사람들이 좋아하는지 알 뿐이다. 골든리트리버는 머리가 좋아서 누가 가르쳐 주지 않아도 다 안다니까!

아빠가 고개를 끄덕였다.

"그래, 이 녀석으로 하자. 우리 준이, 민이 생일 선물이다."

주인아저씨는 나에 대한 칭찬을 몇 마디 덧붙이면서 내 목에 목걸이를 채우고는 줄을 아빠에게 건넸다. 나는 준이 가족과 함께 가게 밖으로 나왔다. 거리는 안에서 볼 때보다 훨씬 눈부셨다.

2
내 이름은 리버

준이네 가족은 나를 데리고 자동차에 올랐다. 앞에는 아빠와 엄마가 타고 뒷좌석에는 준이와 민이가 탔다. 나는 준이와 민이 사이에 앉았다. 우리가 탄 자동차는 곧 출발했다. 길옆으로 파란 강물이 넘실대고 쭉 뻗은 도로를 따라 예쁜 꽃이 피어 있었다. 태어나서 처음으로 환하고 탁 트인 바깥세상을 구경하게 된 것이다. 가슴속까지 시원했다.

"아빠, 우리 이 개 이름을 뭘로 할까요?"

준이가 물었다.

"글쎄, 뭐가 좋을까? 멋진 이름을 지어 줘야 하는데……."

"여보, 장군이 어때요? 늠름하게 잘생겼으니까."

나는 장군이라는 말이 무슨 뜻인지 몰라서 멀뚱히 쳐다만 보았다.

"에이, 촌스럽게 장군이가 뭐야."

엄마가 말한 이름이 마음에 안 드는지 민이가 비쭉거렸다. 그때 준이가 끼어들어 물었다.

"아빠, 이 개가 무슨 종류라고 했죠? 아까 아저씨가 말해줬는데……."

"골든리트리버란다."

"그럼 아빠, 리버 어때요? 골든리트리버의 리버!"

"리버? 오, 멋진데! 저기 강물을 영어로 리버라고도 해."

"와! 멋있다. 아빠, 우리 리버로 해요!"

민이가 차 안에서 팔짝팔짝 뛰며 소리쳤다.

"그래그래, 리버 좋다! 우리 준이가 멋진 이름을 지었구나. 하하하."

아빠의 말에 모두 그 이름이 좋다며 웃었다.

나는 이제부터 리버다. 내가 들어도 싫지 않은 이름이다. 골든리트리버의 리버, 푸른 강이라는 뜻이기도 한 리버. 이것이 나의 새 이름이다.

자동차는 한참을 달려 어느 집 앞에 도착했다. 넓은 마당이 있고, 마당 안쪽에 빨간 지붕을 얹은 예쁜 집이 보였다. 준이와 민이는 앞다퉈 차에서 뛰어내리더니 나도 차에서 내리도록 도와 었다. 아이들은 나를 데리고 집 뒤로 뛰어갔다.

"리버, 우리 이제 여기서 만날 놀자."

준이가 내 목을 끌어안고 머리를 쓰다듬었다. 뒷마당은 앞마당 못지않게 넓은 데다가 파란 강물과 잇닿아 있었다. 강가에는 작은 보트가 한 척 있어서 더 시원하고 아름다웠다.

–야…… 저게 뭐야?

나는 천천히 고개를 돌리다가 아름드리나무에 묶인 노란 그네를 발견했다.

컹컹. 컹컹.

민이는 내가 무엇을 보고 좋아하는지 눈치챈 모양이었다. 그네로 쪼르르 달려가며 나를 불렀다.

"리버! 이리 와."

조금 전에 지은 새 이름인데도 전혀 어색하지 않았다. 나는 그네에 앉은 민이를 향해 뛰어갔다. 그리고 그네 옆에 앉아 꼬리를 흔들었다. 민이가 내 머리를 쓰다듬으며 준이에게 큰 소리로 말했다.

"준아, 리버 무지 똑똑해. 벌써 자기 이름을 알아."

"정말? 어디 나도 한번 불러 봐야지. 리버, 이리 와!"

나는 나를 부르는 준이에게 신나게 달려갔다. 둘 사이를 몇 번이나 왔다 갔다 하는 나를 보고 준이와 민이는 무척 즐거워했다. 나도 덩달아 즐거웠다. 난생처음 차를 타고 먼 길을 온 터라 좀 피곤하기도 했지만, 이렇게 놀다 보니 준이, 민이와 한 가족이 된 것 같아 뿌듯했다.

"준아, 민아, 리버 데리고 이리 와 봐."

앞마당에서 아빠가 부르는 소리가 들렸다.

"리버, 가자!"

준이와 민이는 앞마당으로 달려가며 나를 불렀다. 나도 준이와 민이를 얼른 따라갔다.

앞마당에서는 아빠가 뚝딱거리며 무엇인가를 만들고 있었다. 준이가 물었다.

"아빠, 이게 뭐예요?"

"이제부터 리버가 살 집이야."

-내 집이라고?

나는 아빠가 만들고 있는 커다란 상자 같은 것을 바라보았다. 태어나서부터 내 집이라고는 엎드리면 가득 차는 애완견 센터의 철망이 전부였다. 그런데 이제 정말 집다운 집이 생긴 것이다. 나는 하마터면 눈물이 날 뻔했다. 준이 가족을 만나 얼마나 행복한지 말로 표현할 수 없는 게 안타까울 정도였다.

한참 뒤 마침내 집이 완성되었다. 준이, 민이가 사는 집과 똑같이 빨간 지붕을 얹은 예쁜 집이었다. 아빠는 빨간 지붕을 툭툭 치면서 나를 보고 눈을 찡긋했다.

"리버, 내 솜씨 어때?"

컹컹.

나는 고맙다는 말 대신 꼬리를 힘껏 흔들었다. 넓고 편안한 새 집에 들어가 보았다. 애완견 센터의 철망과는 비교할 수 없을 만큼 좋았다. 새집에서는 파란 하늘과 넓은 마당이 보이는 데다가 저 멀리 아름다운 산도 내다보였다. 무엇보다 새로운 가족인 준이와 민이 그리고 아빠와 엄마가 있었다. 나는 편안한 자세로 엎드렸다.

"와, 새집이 리버 마음에 드나 봐요."

"아빠, 정말 최고예요."

준이와 민이가 아빠의 양팔에 매달려 기뻐했다.

"하하하. 아빠가 하는 일이 집짓기인걸. 이게 아빠의 전공이다, 요 녀석들아."

아빠는 두 아이의 머리를 헝클어뜨리고는 마당에 흩어져 있던 연장을 챙겼다.

"자, 준이, 민이도 이제 집에 들어가자. 리버도 피곤할 테니 좀 쉬어야지."

"네! 잘 쉬어, 리버."

"내일 놀자, 리버야."

아이들은 한마디씩 인사를 건네고는 아빠를 따라 집으로 들어갔다.

다음 날, 나는 새들이 지저귀는 소리에 눈을 떴다. 앞발을 길게 뻗고 기지개를 켰다. 몸이 가뿐했다. 집에서 나와 킁킁거리며 숨을 몇 번이나 쉬었다. 상큼한 풀 냄새와 고소한 흙냄새, 쌉쌀한 나무 냄새가 콧속을 간질거렸다. 나는 앞마당을 뛰어다녔다. 아침 이슬을 머금은 풀밭 덕분에 발바닥이 촉촉이 젖었다. 나는 숨을 고르며 뒷마당으로 천천히 걸어갔다. 찰랑거리는 강물 위로 새벽안개가 구름처럼 몰려다니고 있었다. 나는 뒷마당을 이리저리 뛰어다녔다. 그때 아빠가 뒷마당으로 나왔다.

"리버, 잘 잤니?"

나는 아빠에게 달려가 앞발을 세우고 앉아 꼬리를 흔들었다. 아빠는 바닥에 작고 하얀 공을 내려놓더니 둥근 머리가 달린 길쭉한 막대를 휘둘렀다.

"리버, 내 골프 솜씨 좀 볼래?"

탁.

하얀 공이 조금 떨어진 그물을 향해 날아갔다. 아빠는 몇 번이나 공을 쳤다. 그러다 그만 공 하나를 강물로 날리고 말았다.

"아이쿠, 또 강물에 빠뜨렸네. 하하."

아빠는 강물을 바라보며 멋쩍은 듯 웃었다. 나는 기다렸다는 듯이 재빨리 강물을 향해 뛰어갔다.

-내가 공을 찾아오면 더 기뻐하시겠지.

풍덩.

새벽이라서 그런지 몸에 닿는 강물이 꽤 차가워 몸서리를 쳤다. 뒤에서 나를 부르는 소리가 들려왔다.

"리버, 리버! 뭐 하는 거야?"

나는 차가운 강물에서 허우적거리며 공을 찾았다. 하지만 푸르스름한 강물만 눈앞에서 넘실거릴 뿐 작고 하얀 공은 보이지 않았다.

"리버, 얼른 나와. 공은 여기도 많아."

나는 강물에서 헤엄치며 아빠가 바지 주머니에서 하얀 공을 양손 가득 꺼내는 것을 보았다. 내가 강변으로 나오자 아빠는 내 입에 공 하나를 물려 주었다.

"녀석, 공이 갖고 싶으면 말을 하지."

나는 입에 공을 문 채 가쁜 숨을 몰아쉬었다.

-이게 아닌데……. 나는 아빠한테 공을 물어다 드리고 싶었다고요.

하지만 아빠가 내 말을 알아들을 리 없다.

"이런, 흠뻑 젖었구나. 집으로 들어가자."

아빠는 내 머리를 쓰다듬으며 말했다.

나는 조금 억울했다. 아빠에게 잘 보이고 싶어서 차가운 강물에 뛰어든 건데, 아빠는 내가 공을 갖고 싶어 하는 걸로 오해한 모양이었다. 하지만 별일은 아니다. 아직 내가 어려서 그렇지, 조금만 더 크면 무엇이든 지금보다 잘할 수 있을 테니까.

아빠는 나를 데리고 집 안으로 들어갔다. 처음 들어가 본 준이네 집은 따뜻하고 편안했다. 엄마가 아침을 준비하는지 맛있는 냄새가 집 안에 가득했다. 내가 킁킁거리며 부엌 쪽으로 가려고 하자, 아빠가 내 목걸이를 붙잡으며 말했다.

"리버, 집 안에서 네 자리는 저기야."

아빠는 거실 한구석을 가리켰다. 커다란 깔개가 깔려 있고, 그 위에는 밥그릇이 놓여 있었다. 나는 쭈뼛거리며 그쪽으로 갔다. 밥을 가족들과 함께 먹는 줄 알았는데 그게 아니었다. 멀찌감치 떨어져 혼자 밥을 먹어야 한다고 생각하니 기분이 조금 이상했다. 하지만 곧 마음을 고쳐먹었다.

-이게 준이네 가족의 규칙인가 봐.

까칠까칠한 깔개 위에 막 올라섰을 때 준이와 민이가 이층에서 쿵쾅거리며 뛰어 내려왔다.

"리버, 일찍 일어났네."

아이들은 누가 먼저랄 것도 없이 내게로 달려왔다.

"안 돼! 준이, 민이! 밥 먹기 전에 개를 만지면 어떡해. 얼른 손 씻고 와."

예쁜 앞치마를 두른 엄마가 손에 국자를 든 채 부엌에서 뛰어나와 아이들에게 말했다.

"리버, 학교 갔다 와서 우리랑 놀자."

준이가 내 귀에 대고 속삭였다. 내가 알았다고 꼬리를 흔들자, 옆에 있던 민이가 말했다.

"내가 원반 사 올게. 우리 원반던지기 하자. 우리 반 창식이네 개 루나는 원반던지기를 아주 잘한대. 리버, 너도 잘할 수 있지?"

준이가 입을 비죽 내밀고 말했다.

"에이, 바보! 창식이네 루나는 어른 개잖아. 리버는 아직 어려서 못할 거야."

나는 원반던지기가 뭔지 모르지만 잘할 수 있다고 대답하고 싶었다. 그래서 나도 모르게 컹컹, 짖어 댔다.

"아직까지 손 안 씻고 뭐 하니? 그리고 너희들 집 안에서는 리버랑 노는 거 아냐."

아이들은 아쉬운 표정으로 일어나 화장실로 갔다. 화장실에 가면서도 티격태격했다.

"리버가 어리긴 해도 루나보다 훨씬 잘할걸? 자기 이름도 금방 알아듣잖아. 무지 똑똑하다고."

민이의 말에 준이가 대꾸했다.

"똑똑하다고 원반던지기를 잘해? 원반던지기는 달리기도 잘하고 점프도 잘해야 한다고."

준이는 원반던지기 시범을 보이기라도 하듯 팔짝팔짝 뛰었다. 나는 한숨을 내쉬며 식구들을 돌아보았다. 엄마는 식탁에 아침 식사를 차리고 있고, 아빠는 신문을 보고 있었다. 아이들이 곧 씻고 와서 식탁에 둘러앉았다. 엄마는 내 밥그릇에 사료를 부어 주었다. 냄새를 맡아보니 애완견 센터에서 먹던 사료와 비슷했다.

식구들은 식탁에서 떠들며 식사를 했다. 나는 사람들이 먹는다는 고기나 밥을 먹을 줄 알았는데, 좀 실망이었다. 그래도 애완견 센터에 있을 때처럼 입맛이 없지는 않았다. 뻑뻑하고 딱딱하긴 하지만 사료를 먹는 게 내 건강에 좋기 때문이라 생각하며 한 그릇을 깨끗이 비웠다.

식사가 끝난 뒤 엄마 아빠와 아이들은 밖으로 나갔다. 아이들은 아빠의 자동차에 탄 뒤 차창 밖으로 얼굴을 내밀고 말했다.

"리버, 학교 갔다 올게."

나는 힘차게 꼬리를 흔들었다. 떠나는 자동차 안에서 아이들도 손을 흔들었다. 자동차가 더 이상 안 보이게 되자 엄마는 나를 향해 무릎을 반쯤 굽히고 말했다.

"자, 리버, 이제 마음껏 놀아도 돼. 그런데 똥은 아무 데나 누지 말고 꼭 저기 근처에서 눠야 한다. 알았지?"

엄마가 손가락으로 가리키는 곳을 돌아보니 거기에 내 집이 있었다. 나는 엄마에게 꼬리를 흔들어 보였다. 엄마는 만족한 듯 고개를 끄덕이고는 기지개를 켜며 집으로 들어갔다.

점심시간이 지날 무렵, 민이와 준이가 돌아왔다. 민이는 노란 접시 같은 것을 들고 있었다. 아이들은 책가방을 던져 놓고 부리나케 나에게 달려왔다.

"리버, 이게 원반이야. 이리 와."

준이와 민이는 앞다퉈 뒷마당으로 뛰어갔다. 나도 아이들을 따라갔다. 민이가 들고 있던 노란 원반을 던졌다.

"리버, 원반 잡아!"

준이가 나에게 소리쳤다. 나는 원반을 잡으러 달려갔지만, 입으로 물기도 전에 원반이 땅에 떨어지고 말았다.

"에이, 다시 하자!"

이번에는 준이가 뒷마당 강물 쪽을 향해 원반을 날렸다. 나는 열심히 쫓아갔지만 이번에도 원반이 먼저 바닥에 떨어졌다. 그래도 처음보다는 조금 더 원반과 가까워졌다. 아이들과 나는 오후 내내 원반던지기를 했다. 그러다 보니 원반이 땅에 떨어지기 전에 몇 번은 입으로 잡을 수 있었다.

며칠 동안 연습한 끝에 나는 마침내 점프해서 공중에 떠 있는 원반을 입으로 물게 되었다.

"와! 리버, 최고다! 잘할 줄 알았어."

준이가 달려와 원반을 물고 있는 내 얼굴에 자기 얼굴을 마구 비볐다.

"흥! 언제는 못할 거라며? 리버가 할 수 있다고 말한 건 나라고!"

민이가 쫓아와 삐쭉거렸다. 그러면서도 준이처럼 나를 끌어안고 웃음을 터뜨렸다.

"우리 리버가 루나보다 점프를 훨씬 잘해. 정말 멋져! 창식이한테 우리 리버를 보여줘야지."

우리는 서로 얼싸안고 한참을 겅중겅중 뛰어다녔다. 준이와 민이는 내가 원반을 잡을 때마다 소리 지르고 박수 치며 기뻐했다. 땅에서 높이 뛰어올라 날아가는 원반을 낚아챌 때는 나도 새가 된 것처럼 마냥 신이 났다.

우리는 매일 원반던지기를 하며 놀았다. 준이와 민이는 나의 가장 친한 친구이자 가족이 된 것이다.

어느 날, 엄마가 준이와 민이, 나를 데리고 커다란 마트에 갔다. 우리가 마트에 들어가려 할 때 파란 조끼를 입은 아저씨가 우리를 가로막았다. 아저씨는 나를 힐끗 쳐다보더니 말했다.

"죄송하지만 애완견은 입장할 수 없습니다."

준이가 끼어들었다.

"아저씨, 얘는 무지 똑똑해서 다른 사람한테 피해를 입히지도 않고 말썽도 안 부려요."

하지만 아저씨는 들은 척도 하지 않았다.

"그래도 안 됩니다. 애완견은 들어갈 수 없습니다. 죄송합니다."

엄마가 할 수 없다는 듯 우리에게 말했다.

"얘들아, 엄마 혼자 갔다 올 테니까 너희는 밖에서 놀고 있어. 차 조심들 하고."

그래서 우리는 마트 앞 주차장에서 뛰어놀았다. 그때 한 아주머니가 강아지를 안고 마트로 들어가는 게 보였다. 빨간 조끼를 입은 그 강아지의 황금빛 털은 윤기가 흘렀다. 우리는 누가 먼저랄 것도 없이 마트 아저씨가 어떻게 하는지 지켜보았다. 그런데 아저씨가 그 아주머니에게 인사를 하더니 강아지까지 안으로 들여보내는 게 아닌가.

민이가 고개를 갸웃거리며 말했다.

"어? 리버랑 똑같이 생겼는데 저 강아지는 왜 그냥 들어가지?"

준이도 입술을 비쭉 내밀며 말했다.

"저 아저씨가 사람 차별하나? 우리 리버는 못 들어가게 해 놓고."

민이가 준이의 말꼬리를 잡았다.

"사람 차별이 아니고 개 차별이지."

준이가 뭐라고 대꾸하려는데, 민이가 먼저 말했다.

"준아, 우리 따지러 가자."

준이와 민이는 씩씩거리며 아저씨에게 다가갔다. 나도 준이와 민이의 뒤를 졸졸 따라갔다. 잘하면 마트 구경을 할 수 있을지 모른다. 민이가 또랑또랑한 목소리로 아저씨에게 따졌다.

"아저씨, 저기 저 강아지는 들어가게 하면서 우리 리버는 왜 못 들어가게 해요?"

뭔가를 적고 있던 아저씨는 눈이 휘둥그레져서 나와 아이들을 내려다보았다. 준이도 이에 질세라 또박또박 말했다.

"저 강아지나 우리 리버나 골든리트리버라고요. 생김새도 똑같은데 왜 차별해요?"

아저씨는 잠시 무슨 말인가 생각하더니 곧 고개를 끄덕였다.

"아, 저 강아지는 지금 안내견 공부를 하는 강아지란다. 저기 빨간 조끼를 입었지? 저 조끼에는 '나는 지금 안내견 공부 중입니다' 라고 써 있어. 안내견 공부 중인 강아지나 안내견은 마트에 들어갈 수 있단다."

그 말을 듣고 준이가 아저씨를 빤히 쳐다보며 말했다.

"피, 그런 게 어디 있어요? 강아지면 다 똑같은 강아지지."

"글쎄, 나도 자세히는 모르는데, 법에 그렇게 되어 있다더라. 안내견이나 안내견 공부하는 강아지는 아무 데나 들어갈 수 있다고."

준이가 다시 뭐라고 하려는데, 민이가 끼어들어 말했다.

"안내견이면 앞이 안 보이는 사람들 길 알려주는 개 맞죠? 앞이 안 보이는 사람이 마트에 가면 안내견도 같이 들어갈 수 있어야겠네요."

"에이, 우리 리버가 안내견이면 얼마나 좋아."

준이가 투덜거렸다.

-안내견…….

나는 빨간 조끼를 입은 강아지가 사라진 곳을 물끄러미 바라보았다. 그러다 불현듯 잊고 있었던 장면 하나가 떠올랐다.

-아, 저 애! 주유소에 차를 타고 왔던 그…….

나는 가슴이 쿵 내려앉는 것 같았다.

3
갑작스러운 이별

준이네 집에 온 지도 어느덧 1년이 되었다. 나도 이제 귀여운 강아지 티를 완전히 벗었다. 몸집도 제법 커져서 어엿한 골든리트리버의 모습을 갖추게 되었다.

"리버, 나랑 좀 나갔다 오자."

아빠는 나를 자동차 옆자리에 태우고 집을 나섰다. 차가 멈춘 곳은 내가 있던 애완견 센터 옆에 있는 동물 병원 앞이었다.

-힝, 주사 맞으러 왔구나.

나는 끄응, 신음 소리를 내며 엎드렸다.

동물 병원은 너무 무섭다. 병원 안은 아프다고 낑낑거리는 강아지 소리, 개들이 토하고 싸 놓은 것에서 나는 냄새로 엉망이다. 사람들은 잘 느끼지 못하는 모양이지만. 게다가 병원 한구석에 있는 미용실은 더 무섭다. 처음에는 미용사 누나가 예뻐서 좋았는데, 누나는 털을 깎다가 내가 조금이라도 버둥거리면 딱딱한 빗으로 콧등을 톡톡 때린다. 코를 맞으면 얼마나 아픈지 개가 아니면 절대 모를 거다.

나는 아빠를 따라 마지못해 동물 병원 안에 들어섰다. 대기실에서 순서를 기다리고 있는데 병원 문이 열렸다. 무심코 문 쪽을 돌아보다가 나도 모르게 자리에서 벌떡 일어났다. 나와 같은 골든리트리버가 들어오고 있었다. 윤기 흐르는 황금빛 털을 가진 그 애는 노란 조끼를 입고 있었다. 잠깐이었지만 그 애와 눈이 마주치자 머릿속이 하얘지는 것 같았다. 그 애는 내 옆에 날씬한 다리를 세우고 얌전히 앉았다. 나는 무슨 말이든 붙여 보고 싶었다.

-아…… 안녕? 너도 주사 맞으러 왔어?

내가 눈으로 말을 건네자 그 애가 나를 쳐다보며 물었다.

-응, 넌 이름이 뭐야?

그 순간 나는 비로소 깨달았다. 우리는 분명 예전에 몇 번 만난 적이 있었다. 그제야 머릿속에 반짝 불이 켜지듯 모든 게 또렷해졌다. 애완견 센터에 있을 때 주유소에 왔던 강아지, 마트에서 빨간 조끼를 입고 있던 그 강아지가 바로 내 앞에 있었다.

-나…… 나는 리버야. 넌 이름이 뭐야?

그 애의 이름은 소망이라고 했다. 소망이는 내가 예전에 마트에서 봤을 때는 안내견이 되려고 준비하는 퍼피워킹 중이었고, 지금은 정식 안내견이 되어 새로 만난 주인과 적응 훈련 중이라고 했다. 그러고 보니 소망이 옆에는 앞이 안 보이는 누나가 있었다.

-안내견 하는 게 힘들지 않아?

나는 소망이에게 조심스레 물었다. 그러자 소망이는 빙그레 웃으며 말했다.

-힘들긴 하지만 보람 있는 일이야.

나는 소망이를 힘들게 하는 일이 무엇인지 궁금했다.

-뭐가 가장 힘든데?

-음……. 무엇보다 나는 앞이 안 보이는 사람들에게 눈이 되어 줘야 해. 언제나 주인을 안전하게 지키는 게 첫 번째 임무라서 아무거나 먹어도 안 되고 사람들을 보고 짖어서도 안 돼.

-왜?

-우리 같은 안내견이 아무거나 먹게 되면 주인을 지키고 안내하는 일보다 먹는 것에 정신이 팔릴 수 있거든. 또 안내견은 주인이 가는 곳이면 어디든 다 가야 하니까 다른 사람들이 무서워하지 않게 해야만 해. 그러니까 함부로 짖으면 안 되지.

나는 고개를 저으며 소리쳤다.

-말도 안 돼! 안내견도 개인데, 먹을 것도 마음대로 못 먹고 짖지도 못한단 말이야?

-응. 그러면서도 안내견들은 큰 기쁨을 누린단다. 넌 모르겠지만.

-그렇게 좋은 일이면 나도 한번 해 볼까?

소망이가 빙그레 웃으며 고개를 저었다.

-넌 안내견이 될 수 없어. 안내견이 되려면 강아지 때부터 엄격하게 훈련을 받아야 하거든. 또 힘든 훈련을 다 마치고도 성격상 안내견이 될 수 없어서 경찰견이나 구조견이 되는 친구들도 많아. 물론 넌 이제 다 커서 안내견을 하고 싶어도 할 수 없어.

나는 소망이가 나를 무시하는 것 같아 기분이 나빴다. 소망이가 힘들까 봐 편을 들어준 건데, 소망이는 내 마음도 몰라주고 살짝 잘난 체를 하는 것 같았다.

나는 갑자기 심통이 나서 쏘아붙였다.

-흥, 그깟 안내견, 시켜 줘도 안 해.

-…….

내 말에 조금 놀랐는지 소망이가 말없이 나를 바라보았다. 너무 심했나 싶어 뭐라고 더 말을 하려는데 아빠가 자리에서 일어났다.

"들어가자, 리버."

나는 엉거주춤 일어나며 소망이를 보았다. 소망이의 크고 동그란 눈에 물기가 어려 있었다. 무슨 말이라도 더 해야 할 것 같은데, 돌덩이가 목구멍을 꽉 막고 있는 것처럼 아무 말도 나오지 않았다. 수의사 선생님에게 주사를 맞고 나오면서 소망이에게 무슨 말이든 더 해야겠다고 생각했다. 그런데 소망이는 대기실에 없었다. 벌써 진료실 들어간 모양이었다.

집으로 돌아온 뒤 나는 줄곧 소망이를 생각했다. 소망이의 촉촉한 눈망울이 자꾸 눈앞에 어른거렸다.

–에잇, 바보! 미안하다고 한마디라도 했어야지.

나는 후회하고 또 후회했다. 준이, 민이와 원반던지기를 하면서도 소망이 생각이 났다. 밥도 먹고 싶지 않고 잠도 오지 않았다. 혹시 동물 병원에 가면 소망이를 만날 수 있을까 싶어 아프기라도 했으면 좋겠다고 생각했다. 하지만 아무리 밥을 굶고 원반던지기를 열심히 해도 몸이 아프지는 않았다.

준이네 집에도 여름이 찾아왔다. 매미가 유독 요란스럽게 우는 날이었다. 나는 학교에서 돌아온 준이와 원반던지기를 하고 있었다. 이제는 날아가는 원반을 제법 멋지게 잡아 낼 수 있게 되었다. 준이가 던진 원반이 하늘을 향해 날아오르면, 나는 원반보다 더 빨리 달려가서 준이 키보다 더 높이 뛰어올라 원반을 입에 문다. 그러고는 공중에서 몸을 한 바퀴 돌려 사뿐히 바닥에 내려온다.

"와아! 리버, 멋지다, 멋져! 원반던지기 대회에 나가도 되겠어."

준이가 소리를 지르며 나에게 달려왔다. 내가 입에 물고 있는 원반을 주면 준이는 분명 또 하늘로 던질 것이다. 나는 점프가 슬슬 지겨워졌다. 그래서 조금 쉬기도 하고 장난도 칠 겸 원반을 물고 냅다 달렸다.

"리버! 어디 가? 한번 해보자 이거지?"

준이는 깔깔 웃으며 내 뒤를 쫓았다.

"준아! 준이 뒷마당에 있니?"

아빠의 목소리가 들려오자 나와 준이는 동시에 달리기를 멈추고 서로 쳐다보았다.

"아빠가 이렇게 일찍 웬일이시지?"

준이는 고개를 갸웃했다. 그때 뒷마당으로 엄마가 나타났다.

"준아, 이리 와 봐."

준이가 엄마를 따라 집 안으로 들어갔고, 나도 준이를 따라갔다. 거실에는 민이도 있었다. 엄마와 준이가 소파에 앉자, 아빠는 조금 망설이다가 말을 꺼냈다. 아빠의 목소리가 떨리고 있었다.

"준아, 민아. 엄마랑 셋이서 얼마 동안 부산 할아버지 댁에 가 있어야겠다. 아빠 회사에 문제가 좀 생겼거든."

"할아버지 댁이요?"

"셋이요? 그럼 아빠는요?"

준이와 민이가 동시에 물었다. 엄마가 고개를 끄덕이며 대답했다.

"얼마 동안만이야. 엄마랑 할아버지 댁에서 잘 있으면 아빠가 데리러오시기로 했어."

"부산에는 친구도 없고, 할아버지 댁은 너무 좁은데……."

민이가 풀 죽은 소리로 말하자 엄마가 민이의 등을 다독이며 말했다.

"친구들이야 새로 사귀면 되지. 그리고 짐은 꼭 필요한 것만 가져가면 돼. 금방 다시 올 거니까. 그렇죠, 여보?"

엄마는 아빠를 쳐다보았다. 아빠는 고개를 숙이고는 손바닥으로 얼굴을 문질렀다. 그러고 보니 아빠가 요 며칠 사이 많이 야윈 것 같았다. 뺨도 쏙 들어가고 듬성듬성 수염이 자라 있었다. 안 좋은 일이 생긴 게 분명했다.

그때 준이와 내 눈이 마주쳤고, 준이가 물었다.

"리버는요? 할아버지 댁에 데려갈 거죠?"

나는 귀를 쫑긋 세웠다. 잠깐 동안 아무 대답이 없었다. 엄마 아빠는 서로 얼굴을 마주 보고 눈짓을 했다. 이윽고 아빠가 말했다.

"할아버지 댁에는 리버가 있을 데가 없어. 작은 아파트에 사시잖니."
준이가 울먹거리며 소리쳤다.
"그래서 안 데려가려고요? 싫어요! 리버도 데려가요. 아빠!"
"리버도 우리 가족이잖아요. 같이 가요. 네?"
민이도 옆에서 거들었다. 하지만 아빠의 목소리는 단호했다.
"안 돼. 리버는 데려갈 수 없다니까!"
민이 눈에 눈물이 맺혔다. 준이는 울음을 터뜨리며 소리쳤다.
"싫어요! 리버랑 그냥 우리 집에서 살아요. 헤어지기 싫다고요!"
아빠가 어쩔 줄 몰라 하자, 엄마가 울고 있는 아이들을 꼭 끌어안으며 말했다.
"그래, 방법을 찾아보자꾸나. 그렇게 할 거죠. 여보?"
엄마가 아빠에게 눈을 찡긋하자 아빠도 대답했다.
"그래그래. 리버랑 같이 가자. 그럼 되겠지?"
민이와 준이는 그제야 울음을 그쳤다. 그러고는 부산으로 전학도 가야 하는지, 여기 학교는 언제까지 다녀야 하는지, 언제쯤 이사하는지 등 이것저것을 물었다. 나는 바닥에 배를 깔고 엎드렸다. 부산이 뭔지, 할아버지 댁은 어떤 곳인지 모르지만 앞으로 새로운 세상이 펼쳐지리라는 건 확실했다.

한동안 아무 일도 일어나지 않았다. 하지만 분위기가 다른 때와는 뭔가 달랐다. 엄마와 아빠는 매우 바빠 보였고, 준이와 민이는 뭐가 그렇게 신나는지 나와 놀아 주는 시간이 줄었다. 특히 시도 때도 없이 원반던지기를 하자고 조르던 준이가 나오지 않으니 편하면서도 한편으로는 심심했다.

어느 날 준이, 민이가 학교에 가고 없을 때 승용차 몇 대가 마당으로 들어왔다. 나는 아빠가 애지중지하며 가꿔 놓은 마당의 잔디밭이 자동차 바퀴에 엉망이 되는 것을 멍하니 쳐다보고 있었다. 차에서 아저씨 몇 명이 내리더니 집 안 곳곳에 빨간 딱지를 붙이기 시작했다. 나는 밖에서 그 모습을 지켜보았다. 빨간 딱지는 나쁜 것이 분명했다. 엄마는 딱지 붙이는 걸 보고 발을 동동 구르며 울었고, 아빠는 괴로운 듯 고개를 숙이고 앉아 있었다. 한껏 웅크린 아빠의 등이 오늘따라 유난히 작아 보였다.

며칠 뒤, 트럭 몇 대가 집 안으로 들어왔다. 트럭에서 내린 아저씨들은 빨간 딱지가 붙은 물건들을 하나 둘 싣더니 금방 떠나 버렸다. 갑자기 낯선 사람들이 들이닥치는 바람에 우왕좌왕하는 나에게, 준이가 뛰어왔다.

"리버, 이따가 아빠랑 잘 따라와야 해."

준이는 내 머리를 꼭 안아 주고는 내 앞에 쪼그리고 앉았다. 나는 꼬리를 흔들며 준이의 통통한 얼굴을 핥아 주었다.

"오늘 엄마랑 나랑 민이는 부산 할아버지 댁으로 갈 거야. 우리가 타고 갈 트럭에는 네 자리가 없어서 너는 아빠가 데려오시기로 했어. 부산에는 바다가 있으니까, 우리 같이 바닷가에서 원반던지기 하자. 수영도 하고."

나는 준이의 얼굴을 한 번 더 핥아 주었다. 왠지 가슴이 두근거렸다. 그런데 이 두근거림은 준이, 민이를 처음 만날 때 느낀 것과는 달랐다. 뭐가 다른지는 알 수 없었지만.

잠시 뒤, 남은 짐을 실은 작은 트럭에 준이와 민이, 엄마가 탔다. 준이가 창문으로 고개를 쑥 내밀고 소리쳤다.

"리버, 이따가 봐. 아빠, 빨리 오세요."

나는 준이를 올려다보며 꼬리를 흔들었다.

컹컹 컹컹.

-나도 데려가, 준아. 그냥 지금 같이 갈래.

"그래, 조심해서 가. 금방 따라 갈게."

아빠가 내 옆에서 손을 흔들었다. 트럭이 흙먼지를 일으키며 출발하자, 엄마와 아이들은 아빠와 나를 향해 손을 흔들었다.

"휴, 이제 이 집도 마지막이군."

아빠는 한숨을 푹 내쉬고는 마당을 빙 둘러보았다. 나는 꼬리를 흔들며 아빠를 올려다보았다. 아빠도 나를 한참 내려다보더니 집 안으로 들어가 커다란 사료 봉지를 들고 나왔다. 아빠는 내 그릇에 사료를 가득 부어 주고 사료 봉지를 내 집 옆에 내려놓았다. 그러고는 내 앞에 쭈그리고 앉아 머리를 천천히 쓰다듬어 주었다.

"리버, 잘 있어. 여기로 이사 올 사람들이 너를 맡아줄지 모르겠다만……. 너 볼 면목이 없구나."

아빠는 한숨을 푹 내쉬며 일어섰다.

-지금 무슨 소리예요? 나도 데려간다면서요?

컹컹 컹컹.

나는 아빠를 향해 계속 짖었지만 아빠는 아무 말 없이 자동차에 올라탔다. 그러고는 나에게 눈길 한 번 안 주고 마당을 빠져나갔다.

컹컹 컹컹.

-우린 가족이라면서요? 지금 나를 버린 거예요? 아빠! 준아! 민아! 엄마!

나는 아빠의 자동차를 부리나케 쫓아갔다. 하지만 자동차는 너무 빨리 멀어졌다. 한참 달리다가 발을 헛디뎌 길바닥에 뒹굴었을 때 아빠의 자동차는 이미 사라지고 없었다.

컹컹 컹컹 컹컹.

모두가 떠나 버린 마당에서 나는 혼자 우두커니 서 있었다.

-아빠가 날 데려가는 걸 깜빡 잊은 거야. 금방 데리러 올 거야. 준이가 나를 버릴 리 없어.

나는 준이와 민이를 기다리기로 결심하고 집을 둘러보았다. 아름드리나무들, 빨간 지붕의 예쁜 집, 그와 똑같이 지붕이 빨간 내 집까지 차례로 눈에 들어왔다. 달라진 것은 없었다. 준이와 민이의 웃음소리와 하늘을 날던 원반만 없을 뿐이다. 나는 하루 종일 앞마당과 뒷마당을 왔다 갔다 했다.

날이 저물도록 아빠는 돌아오지 않았다. 준이와 민이도 나타날 것 같지 않았다. 갑자기 온몸에서 힘이 빠져나가는 것 같았다. 그런데도 배가 고팠다. 나는 그릇에 수북이 담긴 사료를 허겁지겁 먹었다. 사료를 꾸역꾸역 삼키니 배는 불렀지만 눈물이 났다.

-그래, 난 버림받은 거야. 아빠가 먹이를 이렇게 많이 주고 갔잖아.

하늘에는 둥근 달이 떠 있었다. 달을 보자 준이, 민이와 함께 던지고 놀던 원반이 생각났다. 그럴수록 준이와 민이가 더 보고 싶었다.

-여기서 기다리고 있으면 준이가 아빠를 졸라 나를 데리러 오지 않을까?

나는 고요한 달빛을 받으며 배를 깔고 엎드렸다. 꿈결에 자동차 소리가 들리는 것 같았다.

다음 날, 요란한 자동차 소리에 눈을 떴다. 마당으로 커다란 트럭 몇 대가 들어오고 있었다.

-거봐, 준이가 온 거야!

나는 자리에서 벌떡 일어나 뛰어나갔다. 그런데 준이와 민이는 보이지 않고, 트럭에서 낯선 아저씨들이 내리더니 이삿짐을 내려놓았다. 그리고 준이만 한 남자아이가 마당을 신 나게 뛰어다녔다. 아이는 내 집 앞까지 와서 나를 보고는 자동차로 쪼르르 달려가 엄마를 찾았다.

"엄마, 엄마, 저기 큰 개가 있어."

잠시 뒤 트럭 사이에서 엄마 아빠로 보이는 사람들이 아이와 함께 나타났다. 나는 앞다리에 힘을 주고 일어서서 그 사람들을 쳐다보았다. 낯선 사람들이 무섭기는 했지만 골든리트리버답게 당당하고 용감한 모습을 보이려고 애썼다.

-이 집은 준이와 민이네 집이야. 내가 기다리고 있으면 준이와 민이가 돌아올 거야.

그러고 보니 내 앞으로 다가오는 사람들이 더 나쁘게 보였다. 나도 모르게 눈에 힘이 들어가고 입에서 으르렁 소리가 났다.

그르르르릉.

뚱뚱한 아줌마가 아이의 손을 꽉 쥐며 말했다.

"여보, 미친개인가 봐. 무서워!"

아줌마만큼 뚱뚱한 아저씨가 아줌마와 아이를 가로막으며 말했다.

"보아하니 버려진 개네. 광견병에 걸렸을지 모르니 조심해."

"여보, 아무래도 안 되겠어요. 이삿짐센터 사람들한테 묶어 놓으라고 해요. 저러다 사람이라도 물면 큰일이잖아요."

"그래, 그렇게 하지."

세 사람은 슬금슬금 뒷걸음쳐 달아났다. 잠시 뒤 덩치 큰 아저씨가 손에 몽둥이를 들고 나타났다. 아저씨는 손바닥에 퉤퉤, 침을 뱉더니 몽둥이를 탁탁 내려치며 말했다.

"이 똥개 녀석, 오늘이 제삿날인 줄 알아라."

이번에는 내가 슬금슬금 뒷걸음쳤다. 아저씨는 징그럽게 웃더니 곧바로 나에게 달려들어 몽둥이를 휘둘렀다.

깽. 깽.

다짜고짜 내려치는 몽둥이를 가까스로 피했지만, 정신이 하나도 없었다. 처음 보는 아저씨가 나에게 왜 이러는지 알 수가 없었다. 아저씨가 미웠다. 나는 화가 치밀어 아저씨에게 으르렁거렸다.

"이놈이 미쳤나? 어디 몽둥이 맛 좀 봐라."

아저씨는 다시 몽둥이를 휘두르며 달려들었다. 나는 잽싸게 옆으로 피해 달아났다.

"아니, 저놈이……. 이봐, 이리들 와 봐. 오랜만에 몸보신 좀 하자고."

그 말에 이삿짐을 나르던 아저씨들이 우르르 달려왔다.

"흐흐흐, 요놈 봐라."

"그래, 넌 그쪽을 막아!"

"흐미, 보신탕 해먹으면 맛있겠는데."

아저씨들은 제각기 떠들며 내 주위를 점점 좁혀 들어왔다. 나는 안절부절못하다가 아저씨들 사이를 뚫고 잽싸게 뒷마당으로 도망쳤다.

"잡아! 저놈이 도망간다!"

"뭐 해, 빨리 안 뛰고!"

아저씨들이 나를 쫓아 뒷마당으로 우르르 몰려들었다. 아저씨들은 내가 다시 빠져나갈까 봐 앞마당으로 가는 길을 막아 버렸다. 내 앞에는 아저씨들이 버티고 있고 뒤에는 강물이 흐르고 있었다. 몽둥이를 든 아저씨가 가까이 다가왔다. 나는 아저씨를 똑바로 노려보았다.

그르르르릉 으르르르릉.

이빨을 드러내고 으르렁거리자 턱 밑으로 침이 질질 흘러내렸다.

"조심하슈. 미친개일지 모르니."

뒤에 있던 아저씨가 몽둥이 든 아저씨에게 말했다.

"걱정 마쇼! 이깟 똥개 한 마리 어떻게 못할까 봐?"

아저씨는 그렇게 말하며 나를 향해 몽둥이를 휘둘렀다. 나는 아슬아슬하게 옆으로 피했다. 그러자 뒤에 있던 다른 아저씨가 기다렸다는 듯 빗자루를 휘두르며 달려들었다.

깨갱 끼잉끼잉.

나는 몸을 뒤틀며 바닥에 나동그라졌다. 등이 화끈거리는 게 등을 맞은 모양이었다. 나는 어떻게든 일어서려고 버둥거렸다. 그때 묵직한 게 날아와 내 몸을 덮었다. 두꺼운 줄로 엮은 그물이었다. 그물에서 벗어나려고 몸을 움직이면 움직일수록 앞발과 뒷발이 그물과 엉켰다. 내가 꼼짝할 수 없게 되자 아저씨들이 몰려들어 그물 위로 몽둥이질을 했다.

깨앵 깨앵 끼잉끼잉.

몽둥이질은 계속되었다. 이제는 어디가 아픈지, 어디를 맞는지도 모를 정도였다.

"이삿짐 정리 안 하세요? 짐 풀어 놓은 게 언젠데……."

멀리서 어떤 아줌마의 목소리가 들리는 것 같았다. 그 순간 나는 까무룩 정신을 잃었다.

눈앞에는 넓디넓은 들판이 펼쳐져 있었다. 나는 그 들판을 헤매고 있었다. 내가 어디로 가고 있었더라? 아무리 생각해 봐도 알 수 없었다. 그냥 걷다가 넘어지고 물에 빠지면서도 가던 길을 멈출 수 없었다. 그때 갑자기 주변이 환해졌다. 나는 눈을 가늘게 뜨고 눈부신 빛이 나는 곳을 바라보았다. 저 멀리서 자그마한 점 하나가 다가오고 있었다. 그 점은 차츰 커지더니 형체를 알아볼 수 있을 정도로 가까워졌다. 그것은 한 마리의 개였다. 골든 리트리버, 윤기 나는 황금빛 털을 가진 용감하고 우아하며 영리한 개.

나는 갑자기 그 개를 향해 소리쳤다.

–소망아!

소망이는 촉촉이 젖은 눈으로 나를 바라보고 있었다. 동물 병원에서 보았던 바로 그 눈이었다. 나는 반가운 마음에 소망이에게 힘껏 달려갔다. 그런데 내가 소망이에게 다가가는 만큼 소망이는 내게서 멀어졌다. 나는 큰 소리로 외쳤다.

–미, 미안해. 나한테 화 많이 났지?

소망이가 나에게 무슨 말을 하는 것 같았다. 하지만 그 말은 내게 들리지 않았다. 나는 소망이의 말을 듣고 싶었다. 간절한 마음으로 귀를 기울이니 멀리서 희미한 소리가 들려왔다.

–리버, 어서 일어나.

–응?

나는 온 힘을 다해 소망이에게 다가갔다. 그 순간 소망이는 다시 환한 빛 속으로 사라졌다.

나는 눈을 번쩍 떴다. 시간이 얼마나 지났는지 알 수 없었다.

"일어나……."

나는 진짜 소리가 들려오는 쪽을 찾아 두리번거렸다. 어쩐 일인지 얼굴도 다리도 모두 움직일 수가 없었다. 눈을 굴려 가까스로 쳐다보니 옆에 자그마한 아이가 서 있는 게 보였다. 아까 이삿짐 트럭과 함께 온 준이만 한 아이가 분명했다.

정신이 들자 비로소 내가 어떤 상태인지 알 수 있었다. 내 몸은 민이가 타던 그네가 달린 나무에 매달려 있었다. 뒷다리는 겨우 땅에 닿을락 말락 하고 앞다리는 비닐 끈에 묶여 있었다. 목을 조금 움직이니 역시 비닐 끈이 목을 조여 왔다. 온몸이 욱신거렸다. 고개를 마음대로 움직일 수 없어 무엇인지 알 수는 없지만 진득거리는 것이 온몸에 묻어 있어 몹시 가려웠다. 몸을 조금 움직여 보았지만 나무에 대롱대롱 매달린 상태여서 그마저도 쉽지 않았다.

끼잉 끼잉 끼잉.

내가 버둥거리며 신음 소리를 내자 아이가 낮은 목소리로 소곤거렸다.

"쉿, 조용히 해. 아저씨들이 널 잡아먹을지도 몰라."

아이는 내 옆에 걸려 있는 그네 위로 올라갔다. 그네 위에 똑바로 서니 내 발과 목을 묶은 비닐 끈에 닿을 정도의 높이가 되었다. 아이는 들고 있던 가위로 비닐 끈을 조심스럽게 잘랐다. 나는 땅바닥에 철퍼덕 떨어졌다.

"괜찮아? 아저씨들이 오기 전에 얼른 도망가. 얼른!"

나는 안간힘을 다해 일어섰다. 다리가 후들거렸다. 내가 앞마당 쪽으로 가려고 하자 아이가 나를 막았다.

"안 돼. 그쪽은 위험해. 아저씨들이 있어."

나는 몸을 돌려 그네를 지나 강물 쪽으로 향했다. 아이에게 고맙다는 인사를 하고 싶어 돌아보니 아이가 나를 보고 있었다. 나는 아이를 향해 꼬리를 흔들었다.

-고마워. 정말 고마워.

아이도 나를 향해 손을 흔들어 주었다.

나는 강으로 뛰어들었다. 강물이 시원했다. 하지만 곧 온몸이 쓰라리고 아팠다. 나도 모르는 사이에 몸에 상처가 나고 멍이 든 모양이었다. 헤엄치려고 다리를 움직일 때마다 뼈가 부서지는 것 같은 아픔이 몰려왔다. 나는 입을 꽉 다물고 아픔을 참으며 강물을 따라 조금씩 아래로 헤엄쳐 갔다.

잠시 뒤 나는 강가로 나왔다. 이만큼 내려왔으니 안심할 수 있을 것 같았다. 나는 온몸을 흔들어 물에 젖은 털을 말렸다. 그러고는 곧바로 강둑 풀숲에 쓰러졌다. 소망이가 생각났다. 이제 더 이상 사람 어른은 믿을 수 없을 것 같았다.

–소망이가 옆에 있으면 얼마나 좋을까.

파란 하늘을 멍하니 바라보는데 갑자기 눈물이 흘러내렸다.

4
떠돌이 개

얼마나 잤을까? 나는 소스라치게 놀라 잠에서 깨어났다. 어느새 새벽이었다. 풀숲은 이슬로 촉촉했고, 온몸의 털도 촉촉이 젖어 있었다. 강에는 물안개가 피어오르고 있었다. 준이네 집에 처음 왔을 때 본 물안개와 같았다. 나는 몸을 일으켜 보았다. 앞다리가 조금 아플 뿐 몸은 한결 가뿐했다.

–이제 어디로 가야 하나.

어디에도 내가 갈 곳은 없었다. 준이와 민이가 생각났지만, 아이들이 어디로 갔는지도 알 수 없었다. 그렇다고 애완견 센터 주인아저씨를 찾아갈 수도 없었다. 아저씨는 또 누군가에게 나를 칭찬하며 팔 테니까. 무엇보다도 나는 소망이가 보고 싶었다. 소망이를 만나면 골든리트리버인 내가 어디서 무엇을 하면 좋을지 알게 될 것만 같았다.

-혹시 전에 소망이를 만났던 곳에 가면 다시 볼 수 있지 않을까?

나는 무턱대고 그곳을 찾아가 보기로 결심했다. 그런데 아빠 차를 타고 몇 번 가 본 게 고작이어서 어떻게 가야 할지 알 수 없었다. 나는 기억을 더듬어서 처음 준이네 집에 올 때와 병원에 갈 때 강을 따라 갔던 것을 생각해냈다.

-그래, 이 강을 따라 내려가 보자. 그럼 거기에 닿을지도 몰라.

나는 강물을 따라 걷기 시작했다. 조금 지나니 배가 고팠다. 그러고 보니 어제 아침에 사료를 먹은 뒤로는 아무것도 먹지 못했다. 나는 먼저 먹을 것을 찾아보기로 하고 강 옆의 국도를 건너 한 마을로 들어섰다. 마을 어귀에 있는 집의 대문이 열려 있었다. 나는 열린 대문 틈으로 고개를 살짝 들이밀어 보았다. 마당에 자그마한 발바리가 있었다.

그르르르. 왈왈! 왈왈!

발바리는 나를 보자마자 신경질적으로 짖기 시작했다. 나는 발바리를 노려보며 점잖게 말했다.

-조용히 해, 밥만 먹고 갈 테니.

내가 위엄 있게 던진 한마디가 무서웠던지 발바리는 금방 꼬리를 내리더니 슬금슬금 집으로 들어가 버렸다. 발바리의 밥그릇에는 된장찌개에 비빈 밥이 담겨 있었다. 나는 밥을 허겁지겁 먹어 치웠다. 먹고 나니 정신이 맑아지고 다리에 힘이 솟는 것 같았다. 고맙다는 인사를 하려고 발바리의 집을 들여다보았다. 그런데 발바리는 자기 집 안에서 웅크린 채 울상을 짓고 나를 쳐다보고 있었다.

-다음에 기회가 있으면 꼭 갚아 주마. 안녕!

나는 살금살금 발바리의 집을 빠져나왔다. 배가 든든하니 앞으로 좋은 일만 생길 것 같은 기분이 들었다. 어느새 새벽안개는 온데간데없고 찬란한 햇살이 내리쬐고 있었다. 나는 다시 강을 따라 걸었다. 내 머리 위에서 빛나는 저 해처럼 소망이가 환히 웃으며 나를 반겨 주는 모습이 자꾸 눈앞에 그려졌다.

나는 며칠 동안 강을 따라 내려갔다. 처음에는 산과 들, 밭이 많았는데 강을 따라 내려갈수록 점점 높다란 아파트가 많이 보였다. 길은 점점 더 넓어졌고, 쌩쌩 내달리는 자동차들도 많아졌다. 강물을 가로지르는 커다란 다리도 하나 둘 나타났다. 나는 걷고 또 걸었다. 그러다 배가 고프면 대문이 열린 집에 몰래 들어가서 그 집 개의 밥을 빼앗아 먹거나 쓰레기통을 뒤졌다. 정신없이 쓰레기통을 뒤지는 내 모습이 부끄러웠지만, 배가 고픈 마당에 이것저것 따질 수는 없었다. 소망이를 만나는 날까지 나는 살아남아야 했다.

마침내 시내로 접어들었다. 길을 걷다 보니 아빠와 함께 차를 타고 갔던 길이 어렴풋이 떠올랐다. 결국 나는 동물 병원을 찾아냈다! 그 옆으로 내가 살던 애완견 센터가 있고, 길 건너 주유소도 그대로였다.

나는 천천히 동물 병원을 향해 걸어갔다. 병원 유리창에 더러운 개 한 마리가 비쳤다. 바로 내 모습이었다. 내 황금빛 털은 온갖 먼지와 흙, 피로 덕지덕지 엉켜 있었다. 사람들이 '똥개'라고 부르는 길거리 개의 모습이었다. 쉬는 날인지 병원 문은 굳게 닫혀 있었다. 나는 어쩔 줄 모르고 병원 근처를 어슬렁거렸다. 그러자 그 옆 애완견 센터의 개들이 나를 보고 짖어 대기 시작했다. 그 소리에 애완견 센터 주인아저씨가 문을 열고 나왔다. 별로 만나고 싶지 않았지만, 막상 주인아저씨를 보니 반가운 마음이 솟아났다. 나는 다짜고짜 아저씨를 향해 달려갔다.

"이놈! 저리 가지 못해! 아침부터 재수 없게 웬 미친개가 달려들어!"

아저씨는 손에 들고 있던 걸레 자루를 휘두르며 욕을 했다. 나는 그것을 용케 피하며 말했다.

컹컹. 컹컹.

-아저씨, 저예요. 리버, 아니 골든리트리버요.

나는 있는 힘껏 외쳤지만, 아저씨는 걸레 자루를 더 크게 휘둘렀다. 아저씨의 얼굴에는 두려움이 가득했다. 나는 그 모습을 보고 짖기를 멈추었다. 그 순간 아저씨도 좀 당황했는지 휘두르던 걸레 자루를 들고 멍하니 서 있었다. 나는 천천히 발걸음을 돌렸다.

–아저씨가 나를 알아보지 못하는구나.

나는 어디로 가야 할지 막막했다. 소망이를 처음 만난 곳이 동물 병원이지만, 소망이가 늘 거기에 있지는 않을 것이다. 그렇다고 나를 알아보지도 못하는 주인아저씨가 있는 애완견 센터로 돌아가 소망이를 기다릴 수도 없었다. 딱히 갈 곳이 없어서 나는 큰길을 어슬렁거리며 돌아다녔다. 그런데 사람들은 나를 보면 소리를 지르거나 얼른 비켜섰다. 할 수 없이 사람들의 눈에 덜 띄는 골목으로 다니며 쉴 만한 곳을 찾을 수밖에 없었다.

다행히 애완견 센터와 동물병원에서 그리 멀지 않은 곳에 작은 공원이 있었다. 공원 안에는 분수도 있고 나무도 제법 많았다. 사람들의 눈을 피해 머무르기에는 그런대로 괜찮았다. 나는 가장 구석지고 어두운 곳을 찾아 나무 밑에 엎드렸다. 분수대 쪽은 사람들이 많은 데 비해 이쪽은 조용해서 좋았다.

그동안 쉬지 않고 걸어온 날들이 꿈처럼 아득하게 느껴졌다. 너무 피곤했다. 나는 분수대 주위를 뛰어다니는 아이들을 물끄러미 바라보았다. 아이들의 모습이 점점 가물거리는가 싶더니 금방 잠에 곯아떨어졌다.

문득 눈을 떠 보니 어둠이 깔린 공원에는 아무도 없었다. 나는 발로 귀 뒤를 긁적긁적 긁었다. 모처럼의 단잠에서 깬 것은 온몸에 벌레가 기어다니는 듯한 가려움 때문이었다. 나는 온몸을 긁다가 분수를 쳐다보았다. 공원의 가로등만 빛나고 있을 뿐 사람은 그림자도 보이지 않았다. 나는 살금살금 분수대로 다가가 물로 뛰어들었다. 첨벙. 시원했다. 정말 오랜만에 느끼는 상쾌한 기분이었다. 한창 첨벙대며 놀고 있는데 키가 크고 덩치가 우람한 그림자가 분수대 가까이 드리워졌다. 나는 재빨리 분수대에서 기어 나와 가까운 벤치 밑에 숨었다. 그림자의 주인공은 공원 옆 파출소에서 나온 듯한 경찰 아저씨였다.

"이상하다? 분명 분수대에서 물소리가 난 것 같은데……."

아저씨는 분수대 근처에서 중얼거리며 서 있다가 돌아섰다.

물을 뚝뚝 흘리며 숨어 있던 나는 물기를 털고 몸을 말렸다. 물에 적셨다가 말렸을 뿐인데 가렵던 것도 어느 정도 가라앉았다. 다시 졸음이 물밀듯이 밀려왔다. 이번에는 아예 옆으로 누워 깊이 잠들었다. 얼마나 잤을까? 알 수 없는 느낌이 들어 잠에서 깨어났다. 해는 벌써 하늘 높이 떠 있었고, 공원에는 운동을 하러 나온 사람들이 꽤 많았다.

–응? 이 느낌은 뭐지?

뭐라 말할 수 없는 벅찬 느낌이 밀려들었다. 가슴속에서 무척 그리워하던 것, 그토록 바라던 소원이 이루어질 것 같은 두근거림이었다. 나는 나도 모르게 벌떡 일어나 애완견 센터를 향해 뛰었다.

–아, 소망이다!

나는 애완견 센터가 보이는 길 건너편에 우뚝 멈춰 섰다. 소망이가 거기 있었다. 소망이는 애완견 센터에서 가까운 지하철 입구 계단으로 막 내려가고 있었다. 소망이 옆에는 예전에 보았던 누나도 함께 있었다.

나는 지하철역으로 뛰어 들어갔다. 소망이와 만나 무엇을 어떻게 할 것인지는 미처 생각하지 못했다. 또 소망이가 나를 기억하고 있는지도 알 수 없었다. 그저 아무 생각 없이 소망이가 내려간 계단을 따라 내려갔다. 계단을 오가던 사람들이 나를 보고 비명을 질렀다. 어떤 사람은 계단에서 넘어지기도 했다.

내가 계단을 다 내려갔을 때 소망이와 누나는 개찰구로 들어가고 있었다. 나도 따라 들어가려고 했지만 개찰구는 막혀 버렸다. 나는 어떻게 할까 망설였다. 그때 나를 향해 다가오는 사람들이 눈에 들어왔다.

"저 녀석이다. 잡아라!"

얼굴에 여드름이 덕지덕지 돋은 형이 외쳤다. 그러자 옆에 있던 비슷한 또래의 형들이 주춤주춤 나에게 다가왔다. 형들의 손에는 걸레 자루, 빗자루 같은 게 들려 있었다. 나는 재빨리 지하철 밖으로 달아났다.

밖은 환했다. 내 기분도 환해졌다. 오늘은 소망이를 먼발치에서 보았을 뿐이지만 이제 다시 만날 수 있을 것이다. 가슴이 터질 것처럼 두근거렸다.

다시 공원으로 돌아오니 그동안 아무것도 먹지 않았다는 게 생각났다. 나는 무엇이든 먹을 것을 찾으려고 공원 이곳저곳을 돌아다녔다. 먹을 게 눈에 띄지 않자 나는 공원 쓰레기통을 뒤지기 시작했다. 바나나 껍질과 먹다 남은 소시지를 찾아내어 허겁지겁 먹다가 생각했다.

-소망이가 이런 내 모습을 보면 뭐라고 할까?

소망이 같은 안내견들은 아무리 배가 고파도 주인이 주는 사료 말고는 아무것도 먹지 않는다고 했다. 그런데 소망이와 같은 골든리트리버인 내 모습은 어떤가. 쓰레기통을 뒤져 음식 쓰레기를 먹고 있는 지저분한 내 모습을 생각하니 참을 수 없이 부끄러웠다. 하지만 배가 너무 고파 어쩔 수가 없다. 나는 고개를 저으며 다시 쓰레기통 속에 얼굴을 파묻었다.

다음 날부터 나는 소망이를 지켜보았다. 소망이 앞에 나설 용기는 나지 않았다. 내 모습을 본다면 실망할 게 뻔했다. 나는 소망이처럼 안내견도 아니고 지저분한 떠돌이 개일 뿐이니까.

소망이네 집은 공원에서 그다지 멀지 않은 곳에 있었다. 지하철역에서 나와 공원을 지나고 큰길을 건넌 다음 초등학교 담을 따라 돌아가면 소망이네 집이 나왔다. 나는 소망이가 누나와 함께 지나가는 모습을 멀찍이서 지켜보았다. 그 모습을 보는 것만으로도 나는 행복했다.

어느 날 아침, 소망이와 누나가 지하철역으로 들어가는 것을 보고 나는 공원으로 돌아왔다. 아침부터 비가 내려서 공원은 온통 싱그러운 풀 냄새로 가득했다. 나는 벤치 밑으로 기어 들어가 비를 피했다. 잠깐 숨을 돌린 다음 소망이가 공원 앞을 지나가기 전에 쓰레기통을 뒤지기로 했다. 보통 사람들이 없는 밤에 쓰레기통을 뒤지곤 하는데, 오늘은 비가 와서 공원에 사람이 없으니 그나마 다행이었다. 그런데 사람이 없다 보니 쓰레기통에는 먹을 만한 것도 별로 없었다. 겨우 참치 통조림 하나를 찾아내서 깡통을 혀로 핥고 있을 때였다. 갑자기 뒤통수가 뜨끔한 느낌이 들었다.

–설마…….

나는 천천히 뒤를 돌아보았다. 소망이가 누나와 함께 공원 앞을 지나가고 있었다. 소망이와 눈이 마주치는 순간, 나는 온몸이 돌처럼 굳는 것 같았다. 그런데 소망이는 얼른 얼굴을 돌리고는 누나와 함께 집 쪽으로 걸어갔다. 돌처럼 굳었던 몸이 우르르 무너지는 것 같았다. 나는 쓰러지듯 주저앉았다.

-소망이한테 이런 모습을 보이다니…….

부끄러워서 견딜 수가 없었다. 나는 소망이의 눈에 다시 띌까 봐 얼른 가장 깊숙하고 어두운 구석으로 숨어들었다.

캄캄한 밤이 되도록 나는 꼼짝 않고 웅크리고 있었다. 소망이에게 세상에서 가장 부끄러운 모습을 들킨 것 같아 창피해서 견딜 수가 없었다.

-준이네 집으로 돌아갈까?

어쩌면 준이와 민이가 나를 데리러 집에 왔을지도 모른다. 하지만 내가 공원에서 쓰레기통이나 뒤지며 살았다는 것을 안다면 아이들도 소망이처럼 실망하고 나를 싫어할 것이다.

-휴…….

동쪽 하늘이 희뿌옇게 밝아오도록 잠들지 못하다가 이른 아침 무렵에야 겨우 잠이 들었다. 한창 꿈속을 헤매고 있을 때 어디선가 향기로운 냄새가 났다. 이렇게 생생하게 느껴지는 걸 보면 꿈이 아닌 게 분명했다. 나는 눈을 번쩍 떴다. 그리고 스프링처럼 자리에서 튕겨 일어났다.

-소…… 소망아.

바로 내 눈앞에 소망이가 서 있었다. 나도 모르게 소망이의 이름을 부르니 소망이가 살포시 미소를 지었다.

-리버, 네 이름이 리버라고 했지? 오랜만이야.

소망이는 내 이름도 기억하고 있었다!

-나를 기억하고 있구나, 나를.

나는 바보처럼 눈물이 핑 돌았다. 그 순간 내 모습이 어떨까 하는 생각이 번개같이 스쳐 지나갔다. 나는 어두운 구석으로 슬슬 뒷걸음쳤다. 그러자 소망이가 풋, 웃음을 터뜨렸다.

-괜찮아. 집 나오면 다 그렇지 뭐.

그 말에 눈물이 왈칵 쏟아졌다. 미안하고 부끄러웠지만, 오히려 마음이 편안해지기도 했다.

-리버, 며칠 전부터 너를 지켜봤어. 아무래도 도시에서 살아남으려면 사람의 도움이 필요할 거야. 너한테 맞는 반려인간을 찾아보는 게 어떨까?

나는 고개를 끄덕이다 눈물을 떨구고 말았다. 사나이 리버가 소망이 앞에서 우는 게 부끄러웠지만, 나를 진심으로 걱정해 주는 소망이가 한없이 고마웠다.

그 뒤 우리는 매일 만났다. 매일 아침 소망이와 누나가 지나갈 때마다 나는 공원 입구에서 인사를 나누었다. 소망이와 누나가 공원으로 산책을 나올 때는 안내견의 생활과 누나에 대한 이야기를 들을 수 있었다. 누나의 이름은 지현이라고 했다. 지현이 누나는 소망이와 함께 매일 학교를 다니는데, 훌륭한 바이올리니스트가 되는 게 꿈이라고 했다.

-바이올? 그게 뭐야?

-호호, 그것도 몰라? 바이올린을 연주하는 게 직업인 사람을 바이올리니스트라고 해. 내 직업이 안내견인 것처럼 말이야.

나는 고개를 주억거렸다. 소망이는 다 좋은데 가끔 내가 모르는 것을 알려줄 때 잘난 척을 한다. 그럴 때는 조금 기분이 나쁘긴 하지만 그렇다고 소망이가 밉지는 않다. 소망이는 모르는 게 없는 정말 똑똑한 골든리트리버이기 때문이다. 아무튼 지현이 누나는 꿈이 훌륭한 바이올리니스트가 되는 것이란다. 소망이의 직업은 안내견이다. 그럼 나의 꿈은 뭘까.

소망이는 매일 지현이 누나와 함께 다닌다. 지현이 누나의 그림자라고 생각하면 된다. 지현이 누나와 소망이는 학교에서도 인기가 매우 많다고 한다.

소망이와 지현이 누나는 백화점이나 마트에서 쇼핑을 하기도 한다. 어느 때는 연극이나 영화관에도 함께 간다. 소망이는 안내견이기 때문에 어디든 들어갈 수 있다. 버스나 지하철도 탈 수 있다. 가끔 안내견을 잘 모르는 사람들이 소망이를 쫓아내려 할 때도 있지만, 지현이 누나가 잘 설명하고 소망이가 입고 있는 하네스를 보면 누구나 자유롭게 이용할 수 있도록 도와준다.

-네가 똑똑한 이유가 있었구나. 지현이 누나랑 늘 함께 다니니까 배울 게 얼마나 많겠어?

내가 부러워하면 소망이는 쑥스러운 듯 얼굴을 붉혔다.

-그렇게 콕 짚어 말하면 내가 부끄럽지. 말하자면 나는 지현이 언니의 눈이라고 할 수 있어. 넌 모를 거야. 안내견으로 사는 게 얼마나 뿌듯하고 행복한 일인지.

소망이는 초롱초롱한 눈으로 파란 하늘을 바라보았다. 나는 소망이를 보다가 쩝쩝 입맛을 다셨다. 처음 준이네 집에 갔을 때, 나는 준이네와 한 가족이 되었다고 생각했다. 그래서 준이 아빠, 엄마를 내 아빠, 엄마라고 생각했던 것이다. 하지만 준이네 가족은 나를 키울 형편이 안된다고 나를 버렸다. 나는 사람들을 내 가족이라고 생각했는데, 사람들은 나를 그렇게 생각하지 않은 것이다. 내가 보기에 소망이와 지현이 누나야말로 진짜 가족인 것 같았다. 서로에게 힘이 되어 주는 가족.

-그걸 반려동물이라고 해. 보통 집에서 키우는 개를 애완동물이라고 하잖아? 그런데 애완동물은 장난감 취급 받는 것 같아서 싫더라고. 반려동물이 되어야 진짜 가족이 되는 거지.

소망이가 의젓한 표정으로 갑자기 끼어들었다. 나는 화들짝 놀라 소망이를 바라보았다. 개들끼리는 이게 문제다. 눈으로 대화를 나누기 때문에 속마음까지 들켜 버리는 것이다.

소망이를 처음 만났을 때 안내견 같은 건 시켜 줘도 안 한다고 했던 게 생각났다. 안내견이 얼마나 대단한지 미처 몰랐을 때였다. 아무것도 모르고 함부로 말했던 나 자신이 부끄러웠다.

-소망아, 미안해. 내가 전에는 잘 모르고…….

소망이에게 막 사과를 하려는데, 지현이 누나가 소망이를 불렀다.

"소망아, 가자."

소망이는 미소를 지으며 자리에서 일어났다.

-소망이는 내 사과를 받아 준 걸까? 예전에 내가 함부로 했던 말을 잊어버린 걸까?

나는 지현이 누나와 함께 사뿐사뿐 걸어가는 소망이를 멍하니 바라보았다. 떠돌이 개가 된 내게는 소망이가 한없이 부러울 따름이었다.

시간이 흘러가고 공원을 울창하게 덮고 있던 나뭇잎도 낙엽이 되어 떨어졌다. 지현이 누나는 여느 때처럼 공원 벤치에 앉아 점자책을 읽고 있었다. 나와 소망이는 누나 옆에서 도란도란 이야기를 나누었다.

-오늘 지현이 언니 사촌 동생이 여기 놀러올 거야.

–사촌 동생?

· –응. 어린아인데 무지 귀여워. 호호.

잠시 뒤 저쪽에서 조그마한 남자아이가 횡단보도를 건너왔다. 아이는 지현이 누나에게 곧장 달려왔다. 나는 잽싸게 공원 한구석으로 자리를 옮겼다. 남자아이가 지현이 누나에게 내 얘기를 하면 소망이가 곤란해질까 봐 걱정이 되었기 때문이다.

"누나!"

"어머, 벌써 왔구나. 어이구, 많이 컸네, 우리 영준이!"

지현이 누나는 읽고 있던 점자책을 무릎 위에 올려놓고 영준이를 꼭 끌어안았다. 소망이도 반갑다고 꼬리를 흔들었다. 영준이는 스케치북을 꺼내 놓고 지현이 누나 옆에서 그림을 그리기 시작했다. 지현이 누나는 영준이의 머리를 쓰다듬어 주고는 옆에 뉘어 놓은 길쭉한 가방에서 뭔가를 꺼냈다.

–저게 바이올린이야.

공원 구석에 앉아 있는 내게 소망이가 눈을 찡긋하며 알려 주었다. 나도 고개를 끄덕였다. 지현이 누나는 바이올린을 어깨에 대고 연주를 시작했다. 세상에서 처음 듣는 아름다운 소리였다. 떨어지는 낙엽처럼 조금 슬픈 것 같기도 하고, 하늘에 떠 있는 새털구름처럼 가볍고 즐겁기도 했다. 어느덧 사람들이 지현이 누나 주위로 모여들었다. 소망이는 다른 때보다 더 당당하고 의

젓하게 지현이 누나 옆에 가까이 붙어 앉았다. 마치 누나를 지키는 기사 같은 모습이었다.

사람들이 너무 많이 몰려드는 바람에 이제 내 자리에서는 지현이 누나도 소망이도 보이지 않았다. 내가 궁금해서 엉덩이를 들썩이고 있을 때 지현이 누나의 연주가 끝났다. 동시에 박수 소리가 터져 나왔다.

"와아! 멋지다."

"정말 훌륭해요. 예쁜 아가씨가 어쩜 바이올린 연주를 그렇게 잘할까."

나도 박수를 치고 싶은 만큼 열심히 꼬리를 흔들었다. 지현이 누나의 마음도 아름다운 바이올린 소리처럼 예쁠 것 같았다. 나는 얼굴도 마음도 예쁜 지현이 누나가 꼭 훌륭한 바이올리니스트가 되었으면 좋겠다고 생각했다.

연주가 끝난 뒤 지현이 누나는 영준이와 함께 공원을 산책했다. 소망이가 지현이 누나를 잘 안내했다. 그동안 소망이와 지현이 누나가 함께 다니는 것을 자주 보았지만 이렇게 가까이에서 본 것은 처음이었다. 지현이 누나는 소망이가 입은 하네스에 연결된 손잡이를 잡고 소망이의 오른쪽에서 걸었다. 소망이는 길을 가다가 장애물이 나타나면 그 자리에 멈춰 섰다. 지현이 누나가 장애물을 확인한 뒤 "소망아, 가자." 하고 말하면 그때 다시 움직였다. 마치 한 사람이 움직이는 것처럼 호흡이 척척 맞았다. 영준이도 소망이와 친한 것 같았다. 아이스크림을 먹으며 소망이와 함께 속도를 맞춰 걸었다.

"어, 저기 소망이 친구 있다!"

영준이가 나를 보고 말했다. 당황한 나는 얼른 나무 뒤로 몸을 숨겼다.

-괜찮아. 리버. 이리 나와.

소망이의 말에 나는 나무 뒤에서 얼굴을 내밀었다. 그리고 멈칫멈칫 영준이 쪽으로 걸어갔다.

"와! 멋지다. 넌 이름이 뭐야? 우리 소망이랑 똑같이 생겼네? 너도 안내견이니?"

영준이는 내 머리를 쓰다듬으며 호들갑스럽게 물었다. 나는 어쩔 줄 몰라 그냥 꼬리만 흔들었다.

"소망이랑 똑같이 생긴 개가 있어?"

지현이 누나가 영준이 옆으로 다가와 물었다. 영준이는 지현이 누나의 손을 끌어 내 머리 위에 얹어 주었다.

"어머, 우리 소망이하고 털이 똑같네? 참 예쁘겠다. 그치? 영준아."

지현이 누나가 머리를 쓰다듬어 주자 나는 기분이 참 좋았다. 그래서 아주 힘차게 꼬리를 흔들었다. 그러고 보니 사람을 향해 꼬리를 흔들어 본 게 아주 오랜만이었다.

얼마 뒤 지현이 누나가 영준이에게 말했다.

"영준아, 이제 집에 가자."

그 말에 소망이는 얼른 누나 곁으로 다가갔다. 집에 갈 채비를 하는 것이다. 눈인사를 하는 소망이에게 나도 눈을 찡긋해 보였다. 지현이 누나와 소망이, 그리고 영준이는 공원을 천천히 빠져나갔다. 공원 앞 횡단보도를 건널 때 소망이가 아주 잠깐 나를 돌아보았다. 그때 영준이가 들고 있던 공이 바닥에 떨어졌다.

"아, 내 공!"

영준이는 지현이 누나의 손을 놓고 공을 향해 뛰었다.

"영준아, 안 돼. 위험해!"

지현이 누나가 영준이를 부르며 하네스 손잡이를 놓고 뒤돌아섰다. 그때 신호등의 초록불이 빨간불로 바뀌었다. 저쪽에서 자동차 한 대가 빠른 속도로 달려오는 게 보였다. 그것을 본 나는 자리를 박차고 일어나 소망이가 있는 곳으로 달려갔다. 영준이와 지현이 누나 모두 위험했다.

컹컹.

나는 영준이의 앞을 가로막으며 자동차를 향해 짖어 댔다. 갑자기 내가 나타나자 자동차는 급히 방향을 바꾸며 브레이크를 밟았다.

끼이이익.

귀청을 찢을 듯 날카로운 소리였다. 그런데 방향을 바꾼 자동차 앞에 지현이 누나가 당황한 얼굴로 서 있었다. 나는 얼른 자동차를 향해 달려들었다. 그런데 누군가가 나보다 먼저 뛰어들어 자동차를 가로막았다.

쿵!

세게 부딪치는 소리와 함께 깽, 하는 비명이 울려 퍼졌다. 나는 그 자리에 우뚝 멈춰 섰다. 소망이가 자동차 위로 날아올랐다가 철퍼덕 땅에 떨어졌다.

"소… 소망아! 소망아!"

지현이 누나의 울음 섞인 비명이 내 머릿속을 휘저었다. 큰길을 지나던 사람들, 공원에 있던 사람들이 하나 둘 횡단보도 주위로 모여들었다.

"장님인가 봐."

"시각장애인이 왜 돌아다니지? 위험하게……."

"저 개가 아가씨를 구했어. 내가 봤어."

"다행이다. 하마터면 큰일 날 뻔했네."

사람들이 한마디씩 했다. 나는 소망이 곁으로 다가갔다. 아무리 힘을 주려 해도 다리가 자꾸 덜덜 떨리면서 바닥에 끌렸다. 소망이는 바닥에 축 늘어져 있고 머리에서는 피가 흘러내리고 있었다. 노란 하네스는 피로 검붉게 물들어 있었다. 나는 가까스로 소망이를 향해 외쳤다.

-소망아! 괜찮니? 괜찮은 거야?

소망이는 눈을 가늘게 뜨고 가쁜 숨을 몰아쉬었다. 그러고는 나를 향해 미소를 지었다.

-리버, 너 멋졌어. 네 덕분에 영준이가 살았어. 이제 지현이 언니도 부탁할게.

소망이는 더 힘을 낼 수 없는지 바닥에 고개를 늘어뜨리고 간신히 숨만 몰아쉬었다. 나는 사람들이 빨리 소망이를 병원으로 데려가 주기를 바랐다. 그런데 아무도 소망이를 쳐다보지 않았다. 사람들은 오직 영준이와 지현이 누나에게만 괜찮은지 물어볼 뿐이었다.

답답한 마음에 나는 사람들을 향해 울부짖었다.

컹컹. 컹컹.

-제발 누구든 소망이를 병원에 데려다 줘요. 이 근처에 동물병원이 있단 말이에요.

내 눈에서 눈물이 뚝뚝 떨어졌다. 어느새 경찰 아저씨 세 명이 구경꾼 사이를 비집고 나타났다. 한 아저씨는 자동차를 운전한 사람에게 뭔가를 묻고 있었고, 다른 두 아저씨는 지현이 누나와 영준이를 길가로 데리고 나가려고 했다.

지현이 누나가 울먹이면서 경찰 아저씨에게 말했다.

"우리 소망이는요? 우리 소망이가 많이 다친 것 같은데……."

"소망이요? 소망이가 누굽니까?"

경찰 아저씨가 주변을 둘러보며 묻자 지현이 누나는 아저씨의 팔을 잡고 울면서 말했다.

"제 친구예요. 안내견이요. 노란색 하네스를 입고 있어요."

경찰 아저씨는 그제야 쓰러져 있는 소망이를 발견하고 옆에 있던 경찰 아저씨에게 말했다.

"김 경장, 이 아가씨 안내견이 다친 것 같은데 병원에 데려가야겠어."

'김 경장' 이라는 아저씨는 소망이와 나를 번갈아 쳐다봤다.

"개가 두 마리인데? 아, 노란 옷! 저 개군요."

경찰 아저씨는 소망이를 번쩍 안더니 경찰차에 태웠다. 지현이 누나와 영준이도 함께 경찰차에 올라탔다. 경찰차가 출발하자 길에 모였던 사람들이 하나 둘 흩어졌다. 나는 한참 동안 큰길에 서 있었다. 조금 전에 벌어진 일이 꿈처럼 느껴졌다. 아니, 차라리 꿈이었으면 좋겠다고 생각했다.

이 자리에서 계속 기다리면 소망이가 노란색 하네스를 입고 지현이 누나와 함께 당당하게 걸어올 것만 같았다. 소망이의 마지막 말이 귓전을 맴돌아 참으려고 해도 자꾸 눈물이 났다.

5
새로운 친구

나는 매일 아침 소망이와 지현이 누나를 기다렸다. 지현이 누나가 학교 가는 시간에 횡단보도 근처를 어슬렁거렸다. 하지만 소망이도 지현이 누나도 만날 수 없었다. 나는 공원 입구 벤치 밑에 웅크리고 앉았다. 이제는 사람들의 눈에 띄든 말든 상관하지 않기로 했다. 여기에 있어야 소망이와 지현이 누나가 지나가는 것을 가장 먼저 알 수 있을 것 같았다.

"이 녀석, 친구가 없어져서 기운이 없구나."

나는 깜짝 놀라 고개를 번쩍 들었다. 며칠 전 사고가 났을 때 보았던 경찰 아저씨가 앞에 서 있었다. 이 아저씨가 소망이를 차에 태워 병원에 갔으니 소망이 소식을 알 거라는 생각이 들었다.

나는 벌떡 일어나 아저씨를 향해 꼬리를 흔들었다.

-아저씨, 소망이는요? 소망이는 어떻게 됐어요? 별일 없죠? 좀 있으면 나아서 집으로 돌아오겠죠?

컹컹.

내 말을 알아듣는지 못 알아듣는지 경찰 아저씨는 얼굴 가득 미소를 지었다.

"배고프지? 이거 먹고 기운 차려라."

경찰 아저씨는 그릇을 내 앞으로 밀어 놓았다. 나는 그릇을 본체만체하고 다시 물어보았다.

컹컹. 그르르르.

-아저씨, 아저씨! 지금 밥이 문제가 아니에요. 소망이는 언제 오나요?

소망이가 내 친구인 줄 알면서도 얘기를 해주지 않는 아저씨가 답답했다. 그런데 아저씨는 내 얼굴을 빤히 쳐다보더니 껄껄 웃었다.

"그래, 알았다. 낯선 사람이 주는 걸 함부로 받아먹으면 안 되지. 여기 두고 갈 테니 천천히 많이 먹어."

경찰 아저씨는 그릇을 내 앞으로 밀어 주고는 공원 옆 파출소 쪽으로 갔다. 덩치가 큰 아저씨의 뒷모습을 물끄러미 보고 있으니 공원에 처음 왔을 때 분수대로 나왔던 커다란 그림자가 떠올랐다.

나는 고개를 돌려 앞에 놓인 그릇을 바라보았다. 구수한 된장찌개 냄새가 났다. 소망이 얘기를 안 해 주는 아저씨에게 화가 나서 아저씨가 주는 음식은 먹고 싶지 않았다. 그런데 어느새 입에 고인 침은 뚝뚝 흘러내리고 있었다.

-아, 어떡하지? 배가 많이 고픈데……. 그래, 밥 먹고 기운 차려서 소망이를 찾아보자. 언제까지고 여기서 기다릴 수는 없어.

나는 그렇게 마음먹고는 허겁지겁 밥을 먹었다. 정말 맛있었다. 밥그릇을 깨끗이 비우고 다시 벤치 밑에 웅크리고 앉아 있는데, 아까 그 경찰 아저씨가 파출소에서 나오는 게 보였다. 아저씨는 경찰차에 탔다가 뭔가 생각난 듯 다시 내리더니 내게 다가왔다. 나는 눈을 꼭 감고는 밥을 안 먹은 척했다.

저벅저벅.

아저씨의 커다란 발에서는 발자국 소리도 아주 크게 났다. 그런데 갑자기 발자국 소리가 멈추더니, 그러고는 아무 소리도 들리지 않았다.

-뭐 하는 거지?

나는 궁금한 걸 꾹 참고 눈을 뜨지 않았다. 아예 드르렁드르렁 코 고는 흉내까지 냈다. 그러자 웃음소리가 들렸다.

"허허허. 너도 자존심 있는 사나이다 이거지? 그래도 배가 많이 고팠던 모양이네. 밥이 꽤 많았는데 다 먹은 걸 보니. 허허허."

경찰 아저씨는 뭐가 그리 우스운지 혼잣말을 하면서 계속 웃었다.

그날부터 아저씨는 아침저녁으로 나에게 밥을 가져다주었다. 나는 아저씨가 나타나면 늘 자는 척하다가 아저씨가 사라지면 그제야 일어나 얼른 밥을 먹어 치웠다.

보름달이 환한 어느 날 저녁, 공원에는 운동을 하는 사람들이 많았다. 가을이 깊어가고 있었다. 소망이가 사라진 지도 어느새 한 달쯤 되었다. 경찰 아저씨가 밥그릇을 들고 나타났다. 나는 얼른 땅바닥에 배를 깔고 엎드려 눈을 감았다. 고소한 밥 냄새가 나고, 밥그릇을 내 앞에 내려놓는 소리가 들렸다.

-음, 아저씨가 빨리 돌아갔으면…….

나는 어서 아저씨의 발자국 소리가 들리기를 기다렸다. 그런데 아무리 기다려도 발자국 소리가 들리지 않았다. 나는 참다못해 살며시 한쪽 눈을 떴다. 그러고는 깜짝 놀라 자리에서 벌떡 일어났다. 아저씨가 내 앞에 쭈그리고 앉아 나를 바라보고 있었다. 너무 놀라서였을까. 나도 모르게 꼬리를 살랑살랑 흔들고 있었다.

"안녕? 그동안 인사도 안 했지? 우리 친구 할까? 내 이름은 홍

득팔이야. 네 이름은 뭐니?"

-홍득팔이요? 이름 참……. 내 이름은 리버에요. 골든리트리버의 리버, 푸른 강물이라는 뜻이래요. 멋지죠?

나는 멋진 내 이름을 알려주고 싶었지만, 득팔 아저씨는 알아듣지 못했다. 득팔 아저씨는 조금 주저하다가 내 머리에 살며시 손을 얹었다. 득팔 아저씨가 그동안 꼬박꼬박 밥을 챙겨준 사람이었기에 망정이지 다른 사람 같았으면 꽉 물어 버릴 수도 있었다. 나는 큰맘 먹고 꼬리를 흔들며 고개를 숙여 주었다. 그러자 득팔 아저씨는 큰 소리로 웃어 젖히더니 내 머리털을 세차게 헝클어뜨렸다.

"하하하, 이 녀석! 이제부터 우리는 진짜 친구다!"

나는 아저씨의 손아귀에서 벗어나려고 발버둥을 쳤다. 그런데 득팔 아저씨는 아예 내 목을 꽉 끌어안았다.

"가만, 그럼 이름을 지어 줘야지? 음……. 삼식이 어때? 삼식이, 좋다! 허허허."

득팔 아저씨는 웃음을 멈추지 않았다. 친구가 생겨 정말 행복한 것 같았다. 그래도 삼식이라니? 내 멋진 이름, 리버를 두고.

컹컹.

나는 이름이 마음에 들지 않는다고 짖었다. 아저씨는 여전히 웃으며 고개를 끄덕였다.

"그래, 이름이 마음에 든다고? 내가 이름 하나는 잘 짓는단다. 득팔이와 삼식이! 무슨 영화 제목 같잖아. 하하하."

나는 한숨을 푹 내쉬었다. 득팔 아저씨 덕분에 나는 다음 날부터 어쩔 수 없이 삼식이가 되었다.

낮에는 꽤 많은 사람들이 찾아오는 공원이 밤이 되면 인적이 드물고 조용해졌다. 나는 낮에는 횡단보도와 지하철역 입구, 동물 병원 앞을 서성였다. 그러다 밤이 되면 득팔 아저씨와 함께 골목을 이리저리 돌아다녔다. 밤에 이렇게 돌아다니는 걸 '순찰'이라고 한다고 득팔 아저씨가 가르쳐 주었다. 순찰을 하다가 도움이 필요한 사람들을 만나면 도와주는 게 아저씨의 일이라고 했다.

득팔 아저씨를 비롯한 경찰 아저씨들은 모두 무척 바빴다. 신고가 들어오면 부리나케 달려 나가야 했다. 길 잃은 아이의 집을 찾아 주기도 하고, 술에 취해 쓰러져 있는 아저씨를 파출소로 데려오기도 했다. 나는 득팔 아저씨가 가는 곳이면 어디든 따라갔다. 아저씨와 함께 다니면서 소망이 생각을 자주 했다. 소망이가 지현이 누나의 눈이 되어 그림자처럼 함께 다니듯이 나도 득팔 아저씨의 그림자처럼 붙어 다녔다.

파출소의 경찰 아저씨들은 나를 많이 예뻐했다. 파출소장님은 추운 겨울에는 특별히 파출소 안에서 잘 수 있게 해 주셨다.

아저씨들은 먹을 것이 생기면 너나없이 나에게 가져다주었고 서로 목욕을 시켜 주겠다고 나서기도 했다. 나는 이제 공원에서 꽤 유명한 개가 되었다. 나는 드디어 새로운 친구들을 만난 것 같아 행복했다. 하지만 마음 한구석이 텅 빈 것 같은 기분은 어쩔 수 없었다.

매섭게 추웠던 겨울이 지나고 날씨가 따뜻해지기 시작했다. 그리고 파출소 옆에는 내 집도 생겼다. 득팔 아저씨는 쉬는 날에 나무판자를 대충 덧대어서 집을 만들고 안에 진한 초록색 담요도 깔아 주었다. 겉으로 보기에는 준이네 집에 있던 빨간 지붕 집보다 형편없이 허름했지만 나는 이 집이 훨씬 더 좋았다. 왠지 더 편안하고 내 집 같이 느껴졌다.

나는 다른 날과 마찬가지로 아침 일찍 득팔 아저씨와 공원을 몇 바퀴 돌고 난 뒤 혼자 파출소 근처를 어슬렁거리고 있었다. 무심코 횡단보도 쪽을 바라보던 나는 깜짝 놀라 걸음을 멈추었다. 횡단보도 앞에 지현이 누나가 서 있었다. 그런데 누나 옆에 소망이가 없었다. 누나는 한 손에는 바이올린이 든 커다란 가방을 들고, 다른 한 손에는 하얀 지팡이를 들고 있었다.

신호등이 초록불로 바뀌자 사람들이 길을 건너기 시작했고, 누나도 하얀 지팡이로 바닥을 두드리며 조심스럽게 길을 건넜다. 나는 반가운 마음에 누나에게 무작정 뛰어갔다. 그런데 누나는 내가 갑자기 나타나자 몹시 놀란 것 같았다. 불안한 듯 다급하게 흰색 지팡이로 바닥을 두드리며 걸음을 재촉했다. 소망이가 없으니 지현이 누나는 아주 위태로워 보였다.

나는 지현이 누나를 위해 무엇이든 해 주고 싶었다. 지현이 누나가 혼자인 걸 보면 소망이에게 무슨 일이 생긴 게 분명했다. 나는 누나 뒤를 따라 지하철역으로 들어갔다. 하지만 누나를 따라가는 게 쉬운 일은 아니었다. 나를 보고 놀란 사람들은 소리를 지르거나 화를 냈다. 어떤 사람들은 나를 쫓아내려고 뛰어오기도 했다.

나는 얼른 개찰구 밑으로 빠져나가 누나를 따라 계단으로 뛰어갔다. 사람들이 내 뒤를 우르르 따라왔다. 누나는 지하철을 기다리고 있었다. 잠시 뒤 지하철이 들어오자 누나는 그 안에 탔다. 나도 재빨리 옆 칸으로 뛰어 들어갔다. 지하철 안에 있던 사람들은 나를 보고 놀란 나머지 비명을 지르거나 옆 칸으로 달아났다. 나는 사람들에게 무척 미안했다.

지현이 누나는 그런 상황을 아는지 모르는지 바로 옆 칸 출입문 귀퉁이에 기대서 있었다. 역마다 출입문이 열렸고, 사람들은 나를 보면 지하철을 타려다 말고 주춤주춤 물러나 다른 칸으로 갔다. 몇 구역을 지나 지현이 누나가 내렸고, 나도 얼른 따라 내렸다. 누나는 익숙하게 계단을 찾아 지팡이를 또닥또닥 두드리며 위로 올라갔다. 나는 멀찌감치 떨어져서 누나를 따라갔다.

지하철역을 나온 누나는 인도를 따라 걷기 시작했다. 그런데 인도는 누나가 혼자 걸어 다니기에는 아주 위험하고 불편해 보였다. 가게에서 내놓은 온갖 간판이며 물건들이 길가에 나와 있었다. 또 공중전화 부스가 불쑥 나오는가 하면 가로수가 앞을 가로막기도 했다. 누나는 전봇대나 신호등에 부딪혀 몇 번이나 돌아서 가야 했다. 무엇보다 위험한 것은 아무렇게나 세워져 있는 자동차들이었다. 지현이 누나는 좁은 인도에 세워진 자동차를 피하느라 이리저리 헤맸다. 그렇게 한참 고생한 끝에 아주 커다란 학교로 들어갔다.

학교 안은 그나마 걷기에 좋았다. 곧게 뻗은 길 사이로 학생들이 많이 오가고 있었다. 넓고 시원한 도로에는 차가 별로 없었다. 지현이 누나는 정문에서 한참 가야 있는 건물로 들어갔다. 내가 따라 들어가려 하자 건물 입구에 있던 경비 아저씨가 나를 쫓아냈다. 할 수 없이 건물 주변을 맴돌며 지현이 누나가 나오기를 기다렸다. 그때 처음으로 대학교를 구경했다. 대학교는 공원 근처에 있는 초등학교와는 많이 달랐다.

한참 뒤에 지현이 누나가 건물에서 나왔다. 나는 재빨리 누나의 뒤를 따라갔다. 누나는 건물 몇 개를 능숙하게 들어갔다 나왔다. 누나가 건물로 들어가고 없는 동안 나는 긴 의자 옆에 엎드려 누나를 기다렸다. 낮에는 잠깐 졸음이 오기도 했지만, 누나를 놓칠까 봐 꾹 참았다. 해가 뉘엿뉘엿 질 무렵에야 다시 누나를 따라 멀찌감치 물러서서 지하철을 탔다. 매일 아침 득팔 아저씨와 달리기 실력을 닦은 덕분에 나를 잡으려는 사람들을 따돌리는 건 식은 죽 먹기였다. 나는 누나를 따라 여유 있게 지하철에서 내려 계단을 올라왔다.

"아얏!"

누나가 갑자기 비명을 질렀다. 횡단보도 앞에 있는 원통 모양의 돌기둥에 무릎을 찧은 모양이었다. 나는 지현이 누나가 놀랄까 봐 가까이 가지도 못하고 안절부절못한 채 뒤에 서 있었다. 누나의 하얀 다리에 빨간 핏방울이 맺혔다. 누나는 많이 아픈지 얼굴을 찡그리며 손수건을 꺼내 상처를 꾹꾹 눌렀다. 누나가 가방을 들고 자리에서 일어나려는데 득팔 아저씨가 뛰어왔다.

"삼식아! 삼식이 너 하루 종일 어디 갔었어? 한참 찾았잖아!"

득팔 아저씨는 나에게 잔소리를 하다가 엉거주춤 서 있는 지현이 누나를 보고 인사를 했다.

"아, 오랜만입니다. 잘 지내셨어요?"

득팔 아저씨는 누나를 기억하는 모양이었다. 누나는 잠시 생각하는 듯하더니 고개를 끄덕였다.

"아, 그때 소망이 도와주셨던 그분 맞죠?"

"네, 홍득팔 경장 맞습니다."

갑자기 귀가 번쩍 뜨이는 것 같았다. 누나가 방금 '소망이' 얘기를 한 것이다. 소망이는 어떻게 되었을까. 갑자기 가슴이 쿵쾅거렸다.

"그때는 정말 감사했어요. 언젠가 한번 찾아뵈어야지 생각만 하고 있었어요. 그동안 소망이 때문에 너무 힘들었거든요. 방학 동안 시골에 가 있다가 올라왔어요."

"아, 별말씀을요. 가만, 어디 다치셨어요?"

득팔 아저씨는 누나의 다리를 쳐다보았다. 누나는 얼굴을 붉히며 손수건으로 상처를 가렸다.

"별것 아니에요. 소망이가 죽고 나서 혼자 다녀보려고 연습하다 보니 이런 일은 자주 있는걸요."

나는 갑자기 머리를 한 대 얻어맞은 기분이었다.

-소망이가 주…… 죽었다고요?

하마터면 그 자리에 주저앉을 뻔했다.

-소망이가…… 소망이가 죽었다…….

나는 혼잣말을 삼키며 돌아섰다. 지현이 누나와 득팔 아저씨는 계속 이야기를 나누고 있었다.

-아저씨는 소망이가 죽었다는 걸 알고 있었구나……. 그래서 누나가 위험하게 혼자 다녔던 거구나.

나는 비틀거리며 파출소로 걸어갔다. 다리가 후들거려서 쓰러질 것만 같았다.

"그런데 아까 삼식이라고 하셨어요? 누구랑 얘기하신 거예요?"

누나가 내 이름을 말하는 게 희미하게 들렸다.

"아, 그러고 보니 삼식이가 아가씨를 하루 종일 따라다녔나 보군요."

"네? 저를요? 하루 종일이요?"

"아, 삼식이가 소망이와 자주 어울려 다녔거든요. 아가씨는 모르고 있었나 보네."

"그래요? 어디 …… 어디 있어요?"

"어? 여기 있었는데? 저기 있네. 삼식아, 어디 가냐? 이리 와 봐! 삼식아!"

아저씨가 부르는 소리에도 나는 걸음을 멈출 수 없었다. 누나와 아저씨의 목소리는 점점 작아졌고, 눈앞은 눈물로 부옇게 흐려졌다.

파출소 옆의 집으로 돌아온 뒤 나는 며칠 동안 앓아누웠다. 혹시 꿈에서라도 볼 수 있을까 기다렸지만 소망이는 끝내 나타나지 않았다. 아저씨는 내가 병이 났다고 생각했는지 동물 병원에도 데려가고 평소에는 구경 못하던 삼겹살까지 구워다 주었다.

하지만 아무것도 먹고 싶지 않았다.

그렇게 힘없이 엎드려 있는데, 문득 소망이가 나에게 마지막으로 한 말이 떠올랐다.

-리버, 너 멋졌어. 네 덕분에 영준이가 살았어. 이제 지현이 언니도 부탁할게.

나는 자리에서 벌떡 일어났다. 소망이는 영준이를 구하는 내 모습을 보고 멋지다고 칭찬해 주었다. 이제 소망이를 위해 내가 무엇을 해야 할지 알 것 같았다.

-힘낼 거야. 내가 얼마나 멋진 골든리트리버인지 소망이한테 보여줄 거야. 소망이는 어디서든 나를 지켜보고 있을 테니까.

나는 집 밖으로 나왔다. 그리고 소망이의 눈처럼 초롱초롱한 별들이 점점이 박힌 하늘을 향해 힘차게 짖었다.

컹컹 컹컹.

-소망아, 걱정 마. 지현이 누나는 내가 지켜 줄게. 그리고 득팔 아저씨도!

6
삼식이, 출동이다!

“삼식아, 어디 있니? 출동이다.”

득팔 아저씨의 목소리가 들렸다. 나는 파출소 앞으로 재빨리 뛰어갔다. 아저씨는 경찰 모자를 꾹 눌러쓰고 파출소에서 뛰어나오더니 경찰차 뒷문을 열고 나에게 말했다.

“도둑이 들어왔대. 가자!”

나는 경찰차 뒷좌석에 날렵하게 올라갔다. 나와 아저씨는 호흡이 척척 맞았다. 곧 애-앵 애-앵 하는 사이렌 소리와 함께 경찰차가 출발했다. 경찰차는 골목길을 달리다가 어느 집 앞에서 멈춰 섰다. 차에서 뛰어내린 득팔 아저씨가 뒷문을 열었고, 나는 기다렸다는 듯 뛰어내렸다.

“저 집이다! 가자, 삼식아!”

아저씨가 손가락으로 한 집을 가리켰다. 그때 집 뒤쪽 담을 넘어 달아나는 그림자가 보였다. 나는 그림자를 향해 뛰었다.

“김 경장, 저쪽인가 보다. 삼식이가 뭘 봤나 봐.”

아저씨도 그렇게 말하며 나를 따라 뛰었다.

나는 이 동네를 누구보다 잘 알고 있다. 그래서 달아난 남자를 쫓다가 옆길로 돌아갔다. 한참 달린 끝에 아까 들어온 골목길과 다시 만났다. 나는 숨을 고르며 골목 어귀에 당당하게 버티고 서서 기다렸다. 아까 앞에서 달아났던 남자가 내 쪽으로 뛰어오고 있었다. 그 뒤로 득팔 아저씨가 쫓아오는 게 보였다. 나는 그 남자를 향해 컹컹, 하고 크게 짖었다. 남자는 나를 발견하고는 멈춰서 뒤를 돌아보았다. 득팔 아저씨가 서서히 다가오고 있었다.

“이 똥개 새끼 비켜!”

남자는 발을 구르며 내게 덤벼들 기세로 말했다. 하지만 나는 꼼짝도 않고 으르렁거렸다. 조금 겁을 먹었는지 남자는 내 옆으로 도망치려고 했다. 하지만 가만있을 내가 아니다. 나는 남자를 막아섰다.

“개새끼! 너 빨리 안 비키면 죽는다.”

나는 아랑곳하지 않고 남자를 향해 최대한 무섭게 이를 드러내며 으르렁거렸다. 그때 아저씨가 남자의 다리를 걷어차서 쓰러뜨렸다. 아저씨는 쓰러진 남자의 손에 수갑을 채우며 큰 소리로 또박또박 말했다.

"당신을 주거 침입 및 절도죄 현행범으로 체포한다. 당신에게는 변호사를 선임할 권리가 있으며, 당신에게 불리한 진술을 거부할 권리가 있다."

득팔 아저씨는 이럴 때 가장 멋있다. 평소에는 너무 순하고 친절해서 바보처럼 보일 때도 있지만, 이렇게 도둑이나 강도를 잡을 때는 늠름하고 멋진 경찰로 변한다.

그때 쓰러져 있던 남자가 한 손에 수갑을 매단 채 득팔 아저씨를 밀치며 벌떡 일어섰다. 아저씨는 바닥에 나동그라졌다.

"헛소리하고 있네."

남자가 뱀 같은 눈을 번뜩이며 주머니에서 번쩍거리는 물건을 꺼냈다. 칼이었다. 어느새 일어난 득팔 아저씨는 가슴을 쫙 펴 보이며 말했다.

"순순히 체포되는 게 좋을 텐데."

"흥, 입 닥쳐!"

남자가 칼을 마구 휘두르자 매서운 바람 소리 같은 게 났다. 하지만 남자는 아저씨의 상대가 못 되었다. 남자의 칼을 가볍게 피한 아저씨는 손으로 남자의 어깨를 탁 쳤다.

"어이쿠."

남자는 괴물처럼 비명을 지르며 고꾸라졌다. 아저씨는 남자의 나머지 손에 수갑을 채웠다.

김 경장 아저씨가 그제야 뛰어왔다.

"홍 경사님, 벌써 처리하셨네요. 정말 대단하십니다."

"아냐, 삼식이가 잡았어."

아저씨는 나를 향해 씩 웃었다.

컹컹. 컹컹.

나도 힘차게 꼬리를 흔들며 대꾸했다.

"삼식아, 가자."

아저씨의 말에 나는 다시 경찰차 뒷좌석에 올라탔다.

파출소로 돌아오자 아저씨는 책상 서랍을 뒤지더니 나를 보고 환하게 웃으며 말했다.

"삼식아, 선물이 있다."

아저씨는 성큼성큼 다가오더니 내게 목줄을 매어 주었다. 목줄 가운데에는 경찰 모자에 붙어 있는 것과 같은 마크가 붙어 있었다.

"삼식아, 어때? 멋있지? 너 주려고 김 경장 것을 하나 슬쩍했다, 인마."

아저씨는 내 머리털을 헝클어뜨리고는 목을 끌어안았다.

"고맙다. 홍삼식! 이제 아프지 마라."

아저씨가 너무 꽉 끌어안는 바람에 나는 벗어나려고 버둥거렸다. 그래도 얼마나 힘이 센지 아저씨는 꿈쩍하지 않았다.

-에구 숨 막힌다고요! 참, 경찰이 그래도 돼요? 김 경장 아저씨 걸 슬쩍하다니? 그리고 홍삼식? 홍삼식이 뭐예요? 아, 촌스러워…….

나는 혼잣말은 그렇게 하면서도 꼬리를 휙휙 흔들었다. 목줄에 걸린 경찰 마크는 정말 멋있었다. 홍삼식이라는 이름도 자꾸 들으니 그리 나쁘지 않은 것 같았다. 아저씨가 홍득팔이니까 내 이름은 홍. 삼. 식.

나는 매일 아침 지현이 누나를 안내하기로 했다. 다시는 돌기둥에 부딪혀 피를 흘리는 일이 없게 하고 싶었다. 나는 누나가 학교 가는 시간에 맞춰 미리 횡단보도 앞에서 기다렸다. 나의 안내는 누나가 초등학교 담장을 돌아 나와 횡단보도에 설 때부터 시작되었다. 하지만 누나는 그 사실을 몰랐다. 처음에는 누나의 뒤를 따라갔는데, 그러다 보니 내가 누나 앞에 가는 게 더 안전하겠다는 생각이 들었다. 학교 가는 길은 이미 잘 알고 있으니 내가 앞서 가도 문제가 될 것은 없었다.

먼저 횡단보도를 건널 때는 누나와 사람들이 부딪치는 일 없게 내가 조금 무서운 얼굴로 마주 오는 사람들을 째려본다. 그러면 사람들은 슬금슬금 옆으로 피한다. 내가 그렇게 길을 열어 주면 흰 지팡이를 두드리며 걷는 누나의 걸음이 좀 더 쉬워진다.

횡단보도를 지나 지하철역까지는 걱정할 게 없다. 인도 위로 노란 점자 블록이 깔려 있기 때문이다. 문제는 공원이 끝나는 길과 횡단보도 끝에 있는 돌기둥이다. 나는 누나보다 앞서서 돌기둥 앞에 간다. 그리고 누나가 돌기둥 가까이 다가오면 멍멍 하고 작은 소리로 짖는다. 그 소리를 들으면 누나가 조금 옆으로 피해서 걷는다. 그러면 돌기둥도 안전하게 통과할 수 있다.

돌기둥을 지나면 바로 지하철 계단이다. 이 길은 누나가 잘 알고 있으므로 나는 재빨리 다른 입구로 가야 한다. 지하철역 아저씨들이 내가 지하철역으로 못 들어가게 매일 지하철역 입구를 지키고 있기 때문이다. 그래서 나는 할 수 없이 날마다 아저씨들이 없는 다른 입구를 찾아 들어가야 한다.

아저씨들을 피해 역으로 들어가면 그때부터 숨바꼭질이 시작된다. 아저씨들이 보이면 나는 다른 방향으로 달아나는 척하면서 따돌리기도 하고, 어떨 때는 다리 사이로 요리조리 빠져나가기도 한다.

그날도 나는 지현이 누나를 따라 지하철역에 들어갔다. 그리고 아저씨들과 숨바꼭질을 한 끝에 플랫폼에 도착했다. 그런데 누나가 지하철 승강장에서 역무원 아저씨에게 꾸중을 듣기 시작했다.

"아가씨, 한두 번도 아니고 매일 이렇게 개를 데리고 다니면 어떡해요?"

지현이 누나는 울상을 지으며 고개를 저었다.

"죄송하지만 제 개가 아니에요. 저도 모르는……."

아저씨가 말을 자르며 짜증 섞인 소리로 말했다.

"이봐요, 아가씨, 작년에 데리고 다니던 안내견과 같은 개잖아요. 그때처럼 안내견이라는 표시를 하고 줄에 매서 데리고 다니든지. 이렇게 그냥 다니면 사람들이 무서워한다고요."

"정말 제 개가 아니에요. 저와 함께 다니던 소망이는……."

지현이 누나는 입술을 깨물며 눈물을 뚝뚝 떨구었다. 그러자 아저씨도 난처한 표정을 지었다.

"그런데 희한하게도 아가씨가 나타나면 어김없이 저 녀석이 역으로 들어온다고요. 승객들이 신고도 하고 항의도 해서 우리도 어쩔 수가 없어요. 아가씨 개가 아니라면 미안합니다."

그때 열차가 도착한다는 안내 방송이 나왔다. 열차가 들어오자 아저씨는 누나를 안전하게 지하철 안으로 안내해 주었다. 나도 누나를 따라 얼른 타려고 했지만, 문이 닫혀 버렸다. 나는 할 수 없이 공원으로 돌아왔다.

공원을 돌아다니면서도 머릿속은 누나 걱정으로 가득 차 있었다. 해가 서쪽으로 넘어갈 무렵 지하철역 계단에서 누나의 모습이 보였다. 나는 반가워서 꼬리를 흔들며 뛰어갔다. 그리고 몇 발자국 앞서서 걷는데, 뒤에서 누나의 목소리가 들려왔다.

"저리 가. 나한테 오지 말란 말이야!"

나는 깜짝 놀라 뒤를 돌아보았다. 비록 앞이 안 보이지만 누나는 분명 나를 보고 있었다.

"왜 자꾸 내 주변에서 서성이는 거야? 이젠 나를 따라다니지 마. 넌 소망이가 아니야. 내 안내견이 아니라고."

작지만 분명한 목소리로 누나는 나를 향해 말했다. 나는 멍하니 누나를 바라보았다.

그렇다. 나는 안내견이 아니다. 내가 아무리 누나를 안내하고 싶어도 나는 소망이 같은 안내견이 될 수 없다. 내가 안내견이 아니라서 지현이 누나가 나를 싫어하는 거다. 그래서 저렇게 차가운 얼굴로 말하는 거다.

나는 누나를 그 자리에 남겨 둔 채 돌아섰다. 그리고 공원으로 돌아와 벤치 밑에 웅크리고 앉았다. 횡단보도를 힘겹게 건너는 누나의 모습이 보였다.

그날부터 나는 누나를 따라다니지 않았다. 하지만 아침에 누나가 횡단보도를 건너 지하철역 계단으로 들어가는 것과 오후에 초등학교 담장을 돌아 사라질 때까지 지켜보는 일은 계속했다. 이렇게라도 소망이와의 약속을 지키고 싶었기 때문이다.

그렇게 며칠이 지난 어느 날, 그날도 나는 누나가 돌아오기를 기다리고 있었다.

-이상하다? 올 시간이 지났는데……. 왜 이렇게 늦지?

나는 지하철 입구를 쳐다보며 서성거렸다. 어느덧 해가 지고 공원 가로등에 하나 둘 불이 들어오기 시작했다. 나는 걱정스러운 마음에 횡단보도를 건너 누나네 집으로 가 보았다. 누나네 집도 캄캄하게 불이 꺼져 있었다. 나는 지하철역과 누나네 집을 오락가락했다. 밤늦게까지 누나의 모습은 보이지 않았다.

"삼식아, 순찰 가자."

득팔 아저씨가 파출소에서 나오며 말했다. 아저씨는 경찰 마크가 붙은 줄을 내 목에 채우더니 앞장섰다. 나는 아저씨를 따라 순찰에 나섰지만, 머릿속은 지현이 누나에 대한 걱정으로 꽉 차 있었다. 왠지 모르게 불안하고 초조했다. 그런데 오늘따라 할 일이 많았다. 치매에 걸린 할머니가 집을 나갔다는 신고가 들어와 아저씨와 나는 온 동네를 뒤져야 했다. 또 시장 옆의 작은 술집에서는 술에 취해 싸우는 손님들을 말리느라 진땀을 빼기도 했다.

아저씨와 순찰을 끝내고 지쳐서 파출소로 돌아오는 길이었다. 나지막한 소리가 들리는 듯했다. 처음에는 잘 들리지 않았지만, 이상한 느낌이 들어 귀를 쫑긋 세워 보았다. 분명 흐느끼는 여자 목소리와 함께 남자들이 킬킬거리는 소리가 들렸다. 바로 그때 지현이 누나의 냄새가 느껴졌다. 나는 그 냄새를 따라 무작정 달려갔다. 내가 갑자기 뛰어가는 바람에 목줄을 놓친 아저씨가 뒤에서 소리쳤다.

"삼식아, 왜 그래? 갑자기 어디 가는 거야?"

나는 아저씨가 부르는데도 아랑곳하지 않고 달렸다.

"저 녀석이! 왜 저러지?"

득팔 아저씨도 나를 따라 뛰어왔다. 누나 냄새가 나는 곳은 공원 안쪽이었다. 그곳은 공원에서 가장 후미진 데다가 가로등도 없어서 사람들이 잘 다니지 않는 곳이었다. 그런데 그곳에 누나가 있었다. 누나는 땅바닥에 쓰러져 있었고, 젊은 남자 몇 명이 누나를 에워싸고 있었다. 누나의 옷은 흙투성이였다.

"사…… 살려 주세요."

누나는 작은 목소리로 말하며 숨죽여 울었다. 그러면서도 바이올린 가방만은 꼭 끌어안고 있었다.

"이봐, 아가씨. 그렇게 가방을 붙들고 있으니 그 안에 뭐가 들어 있는지 더 궁금하잖아. 좋은 말로 할 때 이리 내놔."

"도…… 돈은 다 드렸잖아요. 정말 이 가방만은 안 돼요."

누나가 가방을 더 꽉 끌어안자, 여드름투성이의 남자가 소리를 꽥 질렀다.

"그러니까 그냥 확인만 하고 준다고오!"

그러자 옆에 서 있던 뚱뚱한 남자가 누나에게 다가가며 말했다.

"진짜 중요한 게 들어 있는 모양인데? 야, 빨리 뺏어."

그러자 남자들이 누나에게 몰려들었다. 뚱뚱한 남자가 바이올린 가방에 손을 대자 누나는 가방을 더 꽉 끌어안고 소리쳤다.

"안 돼요! 하지 마!"

더 이상 구경만 하고 있을 수 없었다. 나는 있는 힘껏 몸을 날려서 뚱뚱한 남자의 등을 덮쳤다.

"이게 뭐…… 뭐야?"

바닥에 쓰러진 뚱뚱한 남자가 나를 발견하고 놀라서 소리쳤다.

"응? 개새끼잖아. 이게 왜 여기 있어? 저리 안 가!"

나는 다리에 힘을 주고 서서 뚱뚱한 남자를 노려보며 으르렁거렸다. 옆에 있던 남자들은 나와 뚱뚱한 남자를 보며 낄낄거렸다. 뚱뚱한 남자가 약이 오른 듯 자리에서 벌떡 일어나더니 나를 향해 발길질을 했다.

컹컹. 컹컹. 그르르르릉. 컹컹.

나는 더 큰 소리로 짖어 대고, 더 무섭게 보이려고 이를 드러낸 채 으르렁거렸다.

"어쭈, 이 개새끼 봐라."

남자가 벤치 옆에 있던 가방에서 야구방망이를 꺼내 들었다. 붕붕. 남자가 나를 향해 휘두르는 방망이에서 바람 소리가 났다. 나는 요리조리 몸을 움직이며 몽둥이를 피했다. 내가 뚱뚱한 남자와 실랑이를 벌이는 사이에 다른 남자가 누나에게 달려들었다. 나는 당장 그 남자에게 달려들어 바짓가랑이를 물고 늘어졌다.

"아악! 뭐야 이놈!"

이번에는 남자들이 모두 가방에서 야구방망이를 꺼냈다.

"이런 똥개 같으니라고!"

"너 오늘 임자 만난 줄 알아!"

남자들은 손바닥에 침을 탁탁 뱉은 다음 야구방망이를 잡은 손에 힘을 주었다. 나는 지현이 누나와 남자들 사이에서 으르렁거렸다.

"맛 좀 봐라."

한 남자가 방망이를 휘두르며 달려들었다. 나는 재빨리 피하며 누나에게서 멀리 떨어지려고 노력했다. 남자들의 방망이에 누나가 다칠까 봐 걱정되었기 때문이다.

"모두 꼼짝 마!"

뒤에서 득팔 아저씨의 목소리가 들렸다. 나는 뒤를 돌아보았다. 아저씨가 가스총으로 남자들을 겨누고 있었다.

"손에 든 거 다 내려놔."

아저씨가 가스총으로 방망이를 가리키며 소리쳤다. 하지만 남자들은 콧방귀를 뀌었다.

"뭐야? 이거 오늘 재수 되게 없는 날이군."

"그러게. 똥개에, 짭새에."

"어이, 경찰 양반. 그냥 지나가시지!"

남자들은 키득거리며 아저씨에게 한마디씩 했다.

나는 그 모습에 더 화가 나서 으르렁거렸다.

"삼식아, 괜찮아. 지현 씨, 일어날 수 있겠어요?"

누나가 눈물을 닦으며 고개를 끄덕였다.

"삼식아, 지현 씨랑 저쪽에 가 있어."

나는 아저씨의 말대로 하기 위해 꼬리를 흔들며 누나에게 얼굴을 가까이 가져갔다. 누나가 더듬거리며 내 목줄을 잡았다. 나는 누나를 공원 한쪽으로 이끌었다.

뒤에서 아저씨의 목소리가 우렁차게 들렸다.

"순순히 협조하면 정상참작을 하겠다. 방망이 내려놔!"

"입 닥쳐!"

갑자기 남자들 가운데 한 사람이 방망이를 휘두르며 아저씨에게 달려들었다. 아저씨는 방망이를 살짝 피하며 남자의 턱에 주먹을 날렸다. 이쯤 되면 '어쿠쿠' 하며 남자가 고꾸라져야 했다. 그런데 남자는 아저씨의 주먹을 잘 피했다. 무서운 사람들이었다. 남자들은 다 같이 아저씨를 향해 방망이를 휘둘렀다.

그때 한 남자가 번쩍이는 것을 꺼내는 게 보였다.

–아, 안 돼! 아저씨! 칼을 든 사람이 있어요!

컹컹. 컹컹.

나는 아저씨에게 어떻게든 알려주고 싶었지만 어쩔 수가 없었다. 내 목줄을 꽉 잡은 지현이 누나의 손이 바들바들 떨리고 있었다. 나는 누나 옆에서 아저씨와 나쁜 남자들의 싸움을 지켜보았다. 마음이 조마조마했지만, 역시 아저씨는 훌륭한 경찰관이었다. 혼자 네 명을 상대하면서도 결코 밀리지 않았다.

그런데 아저씨가 한 남자의 방망이를 피해 머리를 살짝 숙인 사이, 칼 든 남자가 아저씨를 향해 달려들었다.

–아! 아저씨…….

나는 눈을 질끈 감았다.

"윽."

아저씨의 신음 소리에 눈을 떠 보니 아저씨가 팔뚝을 움켜쥐고 있었다. 손가락 사이로 피가 흘러내렸다.

"어떡해……. 어떡해……."

누나가 발을 동동 구르며 울고 있었다. 앞이 보이지 않기 때문에 소리를 더 잘 듣는 누나가 아저씨의 신음 소리를 들은 모양이었다. 나는 심장이 터질 것만 같았다.

아저씨가 잠깐 팔뚝을 살피는 사이 다른 남자의 방망이가 날

아들었다.

퍽.

눈 깜짝할 사이에 아저씨는 고꾸라지고 말았다. 쓰러진 아저씨를 향해 다른 남자가 방망이를 휘둘렀다. 그 순간 나도 모르게 뛰어 올라 그 남자의 팔을 힘껏 물었다.

"아얏!"

남자는 방망이를 놓치고 땅바닥에 뒹굴었다. 다른 남자가 나를 향해 달려들었다. 나는 그 방망이를 가볍게 피하고 남자의 뒤로 돌아가 장딴지를 물었다. 힘껏 무는 바람에 내 이빨이 남자의 장딴지에 깊숙이 박혔다. 남자는 다리를 잡고 비명을 질렀다. 내가 으르렁거리자 다른 남자들이 주춤주춤 뒤로 물러났다. 저 뒤에서 김 경장 아저씨와 다른 경찰 아저씨 두 명이 달려오는 게 보였다. 김 경장 아저씨는 손에 권총을 들고 있었다.

"모두 꼼짝 말고 손들어! 반항하면 쏜다!"

김 경장 아저씨의 말에 두 남자가 손을 들었다. 바닥에 쓰러져 있던 남자들도 주춤거리며 일어섰다. 남자들의 손에는 수갑이 채워졌다.

김 경장 아저씨가 나를 보고 말했다.

"삼식아, 네 덕분에 나쁜 놈들을 잡았어."

나는 얼른 득팔 아저씨가 쓰러진 곳으로 달려갔다. 김 경장 아저씨가 그제야 아저씨를 발견하고 소리쳤다.

"홍 경사님, 괜찮으세요? 정신 차리세요."

김 경장 아저씨가 흔들어도 득팔 아저씨는 깨어나지 않았다. 김 경장 아저씨는 득팔 아저씨를 들쳐 업고 병원을 찾아 뛰어갔다. 아저씨의 두 다리가 힘없이 흔들리는 게 보였다.

남자들은 모두 파출소로 끌려갔고, 남은 경찰 아저씨가 지현이 누나에게 말했다.

"많이 놀라셨죠? 댁까지 모셔다 드리겠습니다."

지현이 누나는 부들부들 떨며 간신히 경찰 아저씨를 따라 걸음을 옮겼다. 그러다 문득 뒤를 돌아보며 다급하게 물었다.

"아까 그 개, 소망이랑 털이 똑같은 그 개는 어디 있어요?"

경찰 아저씨가 나를 바라보고는 대답했다.

"아, 삼식이요? 저희 파출소에서 홍 경사님이 키우는 개예요. 삼식이는 파출소까지 혼자 갈 수 있습니다."

"아…… 삼식이……. 삼식아, 고…… 마워."

지현이 누나는 내가 있을 것으로 짐작되는 곳을 바라보며 힘겹게 말했다. 누나의 눈에서 눈물이 계속 흘러내렸다. 나는 경찰 아저씨의 부축을 받으며 집으로 돌아가는 누나의 뒷모습을 멍하니 바라보았다. 아직도 내 입에서는 비릿한 피 냄새가 감돌고 있었다.

7
슬픈 운명

한동안 지현이 누나도 득팔 아저씨도 만날 수 없었다. 매일 아침 환하게 웃으며 밥그릇을 들고 나오던 아저씨는 이제 파출소에 나타나지 않는다. 아저씨 대신 김 경장 아저씨가 밥을 가져다준다. 지현이 누나도 며칠 동안 보이지 않았다.

나는 하루 종일 힘없이 엎드려 있었다. 준이와 민이도, 소망이도, 득팔 아저씨도, 지현이 누나도……. 내가 좋아하는 모든 이들은 왜 모두 나를 떠나버리는 걸까.

-나는 사람을 좋아하면 안 되나 봐.

나는 씻는 것도 먹는 것도 모두 귀찮았다. 나는 친절하게 대해주는 김 경장 아저씨를 본체만체했다. 내가 좋아하면 김 경장 아저씨도 떠나 버릴 것 같아 무서웠기 때문이다.

그렇게 며칠이 지났다.

"삼식아!"

김 경장 아저씨가 부르는 소리에 벤치 밑에서 졸고 있던 나는 슬며시 눈을 떴다. 김 경장 아저씨의 흙 묻은 구두가 보였다. 그리고 그 옆으로 분홍 구두가 보였다. 나는 정신이 퍼뜩 들어 올려다보았다.

"네가 삼식이구나……."

하얗고 가느다란 손가락이 내 얼굴로 천천히 다가왔다. 지현이 누나였다.

"흠……. 이 녀석, 안 씻어서 만지기는 좀 그런데……."

김 경장 아저씨가 혼잣말처럼 중얼거렸다.

나도 모르게 자리에서 벌떡 일어섰다. 지현이 누나가 내 머리를 천천히 쓰다듬었다. 나는 꼬리를 힘차게 흔들었다. 지현이 누나의 입술이 가볍게 떨리는가 싶더니 눈에서 눈물이 뚝뚝 떨어졌다.

"고마워. 네가 나를 지켜 줬어. 정말 고마워."

누나가 눈물을 흘리자 김 경장 아저씨는 어쩔 줄을 몰라 했다. 울고 있는 누나를 보니 내 눈앞도 부옇게 흐려졌다.

-누나, 괜찮은 거예요? 정말 괜찮은 거예요?

"자, 이렇게 계속 서 있을 수는 없고……. 파출소로 들어가서 잠깐 앉으시죠. 커피 한잔하시고요."

김 경장 아저씨가 지현이 누나에게 머뭇머뭇 손수건을 건넸다. 아저씨의 귓불이 빨갛게 달아올라 있었다.

누나는 눈물을 닦으며 천천히 일어났다. 그리고 자그마한 목소리로 속삭이듯 말했다.

"네가 우리 소망이 친구 맞지? 그렇지?"

나는 머릿속이 하얘지는 것 같았다. 그런데 눈치 없는 김 경장 아저씨는 이 순간에도 누나를 데려가려고 안달이다. 누나는 웃음을 머금고 천천히 돌아섰다.

김 경장 아저씨와 지현이 누나의 뒷모습을 바라보며 나도 모르게 중얼거렸다.

-소망아, 두 사람 참 잘 어울리지 않니? 네가 연결시켜 준 거 맞지?

잠시 뒤, 김 경장 아저씨가 누나와 함께 파출소에서 나왔다. 그리고 나에게 다가왔다.

"삼식아, 우리 지금 홍 경사님한테 갈 건데……. 지현 씨가 너도 데려가자고 하시네."

아저씨의 말에 나는 기쁜 나머지 컹컹 짖었다.

"싫다는 건가?"

김 경장 아저씨가 중얼거리자, 옆에서 지현이 누나가 웃으며 말했다.

"아니에요. 좋다는 거예요."

–역시 누나예요.

나는 누나가 내 말을 알아주는 게 신기해서 꼬리를 흔들었다.

"어? 맞네? 지현 씨, 삼식이가 꼬리를 흔들어요. 어떻게 지현 씨는 개 말도 알아들어요? 하하하."

아저씨는 다시 귓불이 빨개지면서 호탕하게 웃었다. 나와 지현이 누나도 소리 없이 따라 웃었다.

김 경장 아저씨와 지현이 누나는 득팔 아저씨가 있는 곳까지 가면서 계속 이야기를 나누었다. 주로 아저씨가 수다스럽게 떠들고, 누나는 가끔 대답을 하는 식이었다.

우리는 파출소에서 그리 멀지 않은 병원에 도착했다. 가는 길에 김 경장 아저씨가 과일 바구니를 샀다. 지현이 누나는 아저씨가 말리는데도 굳이 노란 꽃다발을 하나 샀다.

병원 앞뜰에는 푸른색 환자복을 입은 사람들이 많이 나와 있었다. 그때 벤치에 앉아 있는 득팔 아저씨가 보였다. 나는 반가워서 얼른 뛰어갔다. 김 경장 아저씨와 지현이 누나도 나를 따라왔다. 그런데 아저씨는 우리를 보지 않고 멍하니 앉아 있었다. 문득 이상한 느낌이 들었다. 나는 아저씨의 무릎에 두 발을 얹고 꼬리를 흔들었다.

"어이쿠, 이게 누구야? 혹시 삼식이냐?"

아저씨가 손을 뻗어 내 머리를 쓰다듬었다.

-아저씨, 왜 그러세요? 혹시 …….

"홍 경사님!"

그때 김 경장 아저씨와 지현이 누나가 다가왔다.

"아, 김 경장 왔구나. 파출소엔 별일 없지?"

"홍 경사님이 안 계신 게 별일이지요, 뭐. 선배님 안 계시는 거 알고 좀도둑이 극성입니다. 빨리 출근하셔야겠습니다."

득팔 아저씨는 내 머리를 쓰다듬다가 기운 없는 소리로 말했다.

"그런데 이상해. 왜 시력이 안 돌아오는지 모르겠어. 그때 머리를 맞은 게 잘못된 건지 ……."

그 말에 김 경장 아저씨는 당황해서 어쩔 줄 몰랐다. 뭔가 알고 있는 듯했다. 그때 옆에 있던 지현이 누나가 꽃다발을 내밀었다. 누나는 어느새 눈시울을 붉히고 있었다.

"홍 경사님, 저 김지현이에요. 정말 죄송하고 감사합니다. 더 일찍 찾아뵙지 못해서 죄송해요."

누나의 말에 득팔 아저씨의 얼굴이 환해졌다. 꽃다발을 받아 든 아저씨는 킁킁 향기를 맡고 말했다.

"어디서 이렇게 좋은 꽃향기가 나나 했더니 지현 씨가 오셨군요. 몸은 괜찮으세요? 제가 좀 더 일찍 달려가지 못한 게 오히려 죄송하죠. 시민을 지키는 건 우리 경찰의 임무 아닙니까! 하하하."

아저씨의 웃음에 모두 조금 편한 얼굴이 되었다. 이런저런 이야기를 나누다가 아저씨가 문득 혼잣말처럼 말했다.

"예전에는 몰랐어. 꽃향기가 이렇게 좋은 줄은……. 이거 후리지아 맞죠?"

누나는 고개를 끄덕이다가 눈물을 떨구었다. 김 경장 아저씨의 눈시울도 붉어졌다. 나는 세 사람을 번갈아 바라보았다.

"지현 씨, 삼식이랑 여기 잠깐 계세요. 홍 경사님 병실에 모셔다 드리고 올게요."

김 경장 아저씨는 득팔 아저씨의 팔을 잡고 일어섰다. 두 사람이 병원으로 들어간 뒤, 누나가 내 목걸이 줄을 만지작거리며 내 이름을 불렀다.

"삼식아."

나는 누나를 올려다보며 꼬리를 흔들었다.

"앞이 안 보이면 다른 걸 볼 수 있게 된단다. 너, 그거 모르지?"

나는 누나를 물끄러미 바라보았다. 누나의 말을 알 것도 같고 모를 것도 같았다. 왠지 득팔 아저씨가 한 꽃향기 얘기와 비슷한 것 같기도 하고 아닌 것 같기도 했다.

8
마음의 눈

"결국 홍 경사님이 실명하셨다며?"

경찰 아저씨들이 파출소 앞에서 순찰 준비를 하며 주고받는 말이 들려왔다. 나는 득팔 아저씨 이야기를 하는 것 같아 귀를 쫑긋 세웠다.

-실명? 실명이 뭐지?

"어제 김 경장이 병원에 다녀왔는데 그러더라고."

"그때 눈을 다치셨나?"

"눈을 직접 다친 건 아니고 뒤통수를 방망이로 맞았는데, 그때 시신경이 망가졌다나 봐."

"그럼 이제 경찰 일 하시기 힘들겠네?"

"앞이 안 보이면 할 수 있는 일이 없겠지. 정말 좋은 선배였는데……."

그 말에 나는 자리에서 벌떡 일어났다.

-득팔 아저씨가…… 앞이 안 보인다고?

그때 김 경장 아저씨가 파출소에서 나왔고, 이야기를 나누던 경찰 아저씨들은 딴전을 피웠다. 나는 어안이 벙벙해서 김 경장 아저씨를 바라보았다. 아저씨는 평소처럼 웃지 않았다. 무뚝뚝한 얼굴로 순찰 준비를 하더니 다른 아저씨들과 함께 경찰차를 타고 가 버렸다. 나는 멀어지는 경찰차를 멍하니 바라보았다.

며칠 뒤 득팔 아저씨가 퇴원을 하고 파출소에 들렀다. 아저씨는 아줌마의 부축을 받아 파출소 계단을 힘겹게 올라갔다. 김 경장 아저씨처럼 아저씨의 얼굴에서도 웃음을 찾아볼 수 없었다. 늘 당당하고 늠름하던 모습도 보이지 않았다. 챙겨야 할 물건이 많지 않았는지, 파출소에서 나온 김 경장 아저씨의 손에는 작은 상자가 들려 있었다.

"홍 경사님, 제가 경찰차로 모시겠습니다."

김 경장 아저씨가 경찰차의 트렁크를 열며 말했다. 득팔 아저씨는 팔을 내저으며 고집을 부렸다.

"됐어. 공무가 아닌 일에 사적으로 쓰면 안 되지."

김 경장 아저씨는 한숨을 푹 내쉬고는 또박또박 말했다.

"홍 경사님은 지금 잠깐 쉬시는 겁니다. 지금도 경찰이시고 앞으로도 경찰이십니다!"

그 말에 아저씨의 눈썹이 꿈틀거렸다. 아저씨는 울고 싶은 것 같았다. 나는 아저씨의 마음을 읽을 수 있었다.

아저씨는 김 경장 아저씨가 이끄는 대로 천천히 경찰차로 다가갔다. 그러고는 손을 내밀어 경찰차를 쓰다듬었다. 마치 내 머리를 쓰다듬듯.

그때였다. 득팔 아저씨의 어깨가 떨리는가 싶더니 어흐흑 하는 울음소리가 터져 나왔다. 파출소에서 따라 나온 다른 경찰 아저씨들도, 아저씨와 함께 온 아줌마도, 김 경장 아저씨도 안타까운 얼굴로 그림처럼 서 있었다. 그 순간 내가 있어야 할 곳을 알 것 같았다. 소망이를 만나면서 내가 정말 하고 싶었던 일, 하지만 어릴 때부터 훈련을 받지 못해 절대 할 수 없었던 일……. 누군가의 눈이 되는 일을 해야겠다고 마음먹었다.

나는 용기를 냈다. 벌떡 일어나 그림처럼 서 있는 사람들 속으로 걸어갔다. 흐느끼는 아저씨에게 다가가 킁킁거리며 아저씨의 냄새를 맡았다. 꼬리도 힘차게 흔들었다.

-아저씨, 저 리버, 아니 삼식이에요. 제가 아저씨를 지켜 드릴게요.

아저씨가 울음을 멈추더니 옆으로 돌아서서 내 앞에 쭈그리고 앉았다. 내 머리를 쓰다듬고 목을 끌어안아 준 뒤 아저씨가 입을 열었다.

"이 녀석, 내가 데려가도 될까?"

아저씨의 한마디에 사람들이 모두 마법에서 깨어난 것처럼 움직였다. 김 경장 아저씨는 오랜만에 웃음을 지었다.

"당연하죠! 삼식이가 홍 경장님께 큰 도움이 될 겁니다. 홍 경장님이 삼식이 아빠 아닙니까."

아저씨의 눈물 젖은 얼굴에도 살짝 웃음기가 보였다. 나는 그것을 희망이라고 생각했다.

김 경장 아저씨가 운전하는 경찰차는 큰길을 달리다가 좁은 골목에 접어들더니 파란 대문 앞에 멈춰 섰다. 아줌마가 차에서 먼저 내려 트렁크에서 짐을 꺼냈다. 아저씨가 차에서 내리려고 하자 김 경장 아저씨는 재빨리 부축을 하려고 했다. 그런데 아저씨가 그 손을 뿌리치며 말했다.

"괜찮아. 우리 집인데 뭘. 이젠 나도 익숙해져야지."

김 경장 아저씨는 머쓱한 얼굴로 앞좌석에서 나를 내려 주었다. 나는 펄쩍 뛰어서 파란 대문 안으로 들어섰다. 아담한 집에는 작은 마당이 딸려 있었다. 마당에는 뽀얗게 먼지를 뒤집어쓴 장독이 몇 개 있었고, 그 옆에는 초록색 테이프로 감아 놓은 수

도꼭지가 있었다. 세발자전거, 간닥거리는 의자, 화초가 말라 죽은 화분 몇 개도 하나같이 먼지를 뒤집어쓰고 있었다.

쿵.

"어이쿠야."

나는 뒤를 돌아보았다. 아저씨가 대문에 걸려 넘어졌는지 두 손으로 바닥을 짚은 채 주저앉아 있었다.

-아까 보니까 턱이 꽤 높던데.

"홍 경사님!"

"여보!"

김 경장 아저씨와 아줌마가 동시에 소리를 지르며 달려왔다. 나도 아저씨에게 달려갔다. 아저씨는 신경질적으로 두 사람의 손길을 뿌리치고 일어나서 말했다.

"김 경장, 이제 돌아가. 그동안 고마웠어."

그리고 더듬거리며 마당을 가로질러 집으로 들어갔다.

아줌마는 몇 번이고 감사하다는 인사를 한 뒤 김 경장 아저씨를 돌려보냈다. 그러고는 나를 위해 집 한쪽에 박스며 담요를 깔아 주었다.

"삼식이라고 했지? 당분간 우리 집에서 살아야 할 것 같은데, 괜찮지?"

나는 아줌마의 둥근 얼굴을 처음으로 자세히 보았다. 파마머리가 푸석해 보였고, 눈두덩도 좀 부어 있었다. 득팔 아저씨 때문에 마음고생을 많이 한 듯했다.

득팔 아저씨 집에서 함께 살게 되었지만, 나는 아저씨를 거의 볼 수 없었다. 아저씨는 집 밖으로 나오지 않고 매일 술만 마시는 것 같았다. 거의 매일 밤 싸우는 소리가 들렸다.

"또 술이에요? 이제 그만 좀 해요. 나랑 만수 생각은 안 해요?"

"시끄러워! 어서 술이나 더 가져와!"

"시각장애인이 되어도 할 수 있는 일이 있대요. 이러지 말고 할 수 있는 일을 함께 찾아봐요."

"누가 그딴 소리를 해! 눈도 안 보이는 놈이 뭘 하냐고!"

"경찰은 할 수 없겠지만 그 대신 다른 일을 하면 되잖아요."

"됐어, 됐다고! 내가 경찰 말고 무슨 일을 해? 내가 어떻게 경찰이 됐는데! 경찰을 못할 바엔 차라리 죽는 게 나."

말싸움 끝에는 뭔가를 던져 와장창 깨지는 소리가 나기 일쑤였다. 그리고 만수의 울음소리가 그 뒤를 잇곤 했다. 나는 어떻게든 아저씨를 돕고 싶었다. 하지만 아저씨의 얼굴을 못 본 지도 한참 된 마당에 뭘 어떻게 해야 할지 알 수가 없었다.

우당탕. 와르르르.

또 뭔가 부서지는 소리가 집 안에서 들렸다. 아저씨 아들 만수의 울음소리도 들려왔다. 나는 안절부절못하고 마당을 서성였다. 그런데 그때 아줌마가 만수를 업고 나와서 현관문을 쾅, 닫았다. 뒤이어 아저씨의 고함이 들려왔다.

"이제 난 죽어야 해. 내가 살아서 뭐 해. 버러지같이 밥이나 축내는 나 같은 인간은 죽어야 해."

아저씨는 소리 지르다 울다를 반복했다. 그동안 만수를 업고 마당에서 울며 서 있던 아줌마는 밖으로 나가 버렸다. 한참 뒤 시끄럽던 집 안도 잠잠해졌다. 나는 아저씨가 잠들었나 보다고 생각했다. 그런데 문득 비릿한 냄새가 느껴졌다.

-이건…….

나는 현관문으로 달려가 코를 들이대고 킁킁거렸다. 피 냄새가 분명했다. 나는 발로 현관문을 긁기도 하고 컹컹 짖기도 했다. 하지만 현관문은 꼼짝하지 않았다. 누군가의 도움이 필요했다. 나는 머리로 대문을 지그시 밀어 보았다. 다행히 대문은 잠겨 있지 않았다. 대문이 열리자 얼른 밖으로 나왔다.

-어떡하지? 아저씨한테 무슨 일이 생긴 게 분명해. 파출소, 파출소가 어디더라?

나는 기억을 더듬어 보았다. 파출소에서 공원을 반 바퀴 돌아 큰길로 나왔고, 큰길을 지나는 길에 애완견 센터가 보였던 게 기억났다. 그 길을 따라 좀 가다가 좁은 골목으로 꺾어 들어와서…….

나는 기억을 더듬으며 일단 달렸다. 달리다가 막다른 골목이 나오면 되돌아서 반대 방향으로 달렸다. 얼마나 달렸을까. 애완견 센터가 눈에 들어왔다.

–그래, 됐어! 리버! 넌 역시 똑똑해.

다행히 파출소 문은 열려 있었고, 안에는 경찰 아저씨들이 있었다. 내가 파출소 안으로 들어서자 아저씨들이 깜짝 놀라 자리에서 벌떡 일어났다.

"어? 삼식이 아냐? 왜 그래?"

김 경장 아저씨가 나를 보고 물었다. 나는 김 경장 아저씨의 바지 끝을 물고 잡아당겼다. 마음이 급했다. 김 경장 아저씨가 머뭇거리자, 옆에 있던 박 순경 아저씨가 급하게 말했다.

"김 경장님, 무슨 일이 있나 봐요. 혹시 홍 경사님께 무슨 일이라도……."

그러자 김 경장 아저씨도 이상한 낌새를 알아챘는지 밖으로 달려 나왔다. 나는 집을 향해 뛰었고, 김 경장 아저씨는 자전거를 타고 따라왔다.

집에 도착하자 김 경장 아저씨는 현관문을 벌컥 열고 안으로 뛰어 들어갔다.

"홍 경사님! 선배님!"

나도 김 경장 아저씨를 따라 안으로 들어갔다. 피 냄새가 더 강하게 느껴졌다. 나는 화장실 문 앞에서 걸음을 멈추고 코를 들이댔다.

"삼식아, 거기야?"

김 경장 아저씨가 화장실 문을 거칠게 잡아당겼다. 안에서 잠긴 모양이었다. 김 경장 아저씨는 집 안을 뒤져서 망치를 찾아냈다. 손잡이를 몇 번 세게 내리쳤더니 손잡이가 떨어져 나갔다. 화장실 문이 열리자 내가 먼저 안으로 뛰어 들어갔다.

득팔 아저씨는 욕조 안에 드러누워 있었고 빨간 물이 흘러넘치고 있었다.

"선배님! 선배님! 제발…… 이러시면……."

김 경장 아저씨가 정신없이 아저씨를 욕조에서 끌어 낸 다음 119에 전화를 걸었다. 잠시 뒤 주황색 옷을 입은 아저씨들이 달려왔다. 아저씨는 손목에 붕대를 친친 감고는 들것에 실려 나갔다. 모든 일들이 순식간에 일어났다. 정신을 차려 보니 나 혼자 거실에 우두커니 서 있었다.

아저씨는 하루가 지나고 나서야 아줌마와 함께 돌아왔다. 아저씨의 손목에는 하얀 붕대가 감겨 있었고, 만수의 작은 손이 아저씨의 손을 꼭 쥐고 있었다.

"왜 자꾸 바보 같은 짓을 하는데? 이번이 벌써 몇 번째인 줄 알아요?"

아줌마가 다그쳐도 아저씨는 아무 말이 없었다. 아줌마는 만수의 손을 아저씨의 손에서 낚아챘다. 그러고는 아저씨를 똑바로 쳐다보며 말했다.

"내 말 잘 들어요. 당신은 이제 아빠도 아니에요. 우리 만수가 당신을 얼마나 자랑스러워했는지 잘 알잖아. 더는 이런 모습 보이지 말아요. 만수랑 당분간 친정에 가 있을 테니, 당신이 아빠로서 준비가 되면 연락해요."

아줌마는 그길로 만수와 함께 집을 떠났다. 따라가지 않겠다고 발버둥치는 만수의 울음소리가 점점 멀어졌다. 아저씨는 여전히 아무 말이 없었다. 해가 지고 어둠이 밀려와도 마치 큰 바위처럼 꼼짝 않고 그 자리에 웅크리고 있었다.

9
안내견 삼식이

아저씨는 꼼짝 않고 집에만 있었다. 하지만 전처럼 술을 마시거나 소리를 지르는 일은 없었다. 하루 종일 집에 틀어박혀 라디오만 들었다. 그러다가 가끔 멍하니 창밖을 바라보거나 한숨을 쉬곤 했다. 아줌마가 집을 나간 뒤로는 아저씨 옆이 내 자리가 되었다. 나는 아저씨가 또 나쁜 짓을 할까 봐 그림자처럼 따라다녔다. 그리고 아저씨가 벽에 부딪힐 것 같으면 컹컹 짖어서 알려주는 일 정도는 할 수 있었다. 나는 집 안에서나마 아저씨의 안내견이 된 것 같아 뿌듯했다.

가끔 김 경장 아저씨를 비롯한 경찰 아저씨들이 찾아왔다. 하지만 득팔 아저씨는 문을 열어주기는커녕 아무리 벨을 누르고 현관문을 두드려도 모른 척했다. 아줌마가 반찬거리를 전해 달라고 했는지, 경찰 아저씨들이 다녀간 뒤에는 문 앞에 반찬통 보따리가 놓여 있곤 했다.

그런 날이면 아저씨는 술을 마셨고, 혼잣말처럼 내게 말했다.

"삼식아, 이제 너뿐이구나. 이제 나한테 남은 건 너 하나야."

소주병을 통째로 들고 들이켜는 아저씨의 얼굴을 나는 조용히 바라보았다. 아저씨에게는 시간이 필요하다는 생각이 들었다. 시간이 흐르자 아저씨는 내 생각대로 조금씩 혼자 움직여 보려고 했다. 처음에는 아무것도 못하던 아저씨가 점점 달라졌다. 혼자 이불을 개고 가스레인지를 켜서 라면을 끓이고 설거지를 하고 가끔은 청소도 했다.

그래도 아직은 실수투성이였다. 설거지를 하다 자주 그릇을 깨뜨렸고, 냄비에 있는 라면을 쏟는 바람에 손을 벌겋게 데기도 했다. 청소를 하면 방 안 물건들을 마구 흐트러뜨리는 바람에 오히려 더 어지르기도 했다. 그래도 나는 아저씨가 움직이려 한다는 게 기뻤다.

아저씨가 집 밖에 나가는 것은 필요한 물건을 사려고 동네 슈퍼마켓에 갈 때뿐이었다. 그때는 내가 아저씨를 안내했다. 아저씨가 내 목에 줄을 걸고 신발을 신으면 우리의 외출이 시작된다. 나는 소망이가 하던 대로 길에서 장애물을 만나면 그 자리에 멈춰서 아저씨에게 알려 주었다.

"삼식아, 왜 안 가?"

-앞에 장애물이 있어요. 인도에 자동차가 떡하니 올라와 있다고요.

"인마, 왜 안 가? 빨리 가자!"

-역시 아저씨는 초보 시각장애인이야. 원래 이렇게 하는 건데. 그나저나 초보 시각장애인하고 무면허 안내견하고 같이 다녀도 되나?

나는 은근히 걱정이 되기도 했지만 아저씨를 도울 수 있다는 생각에 뿌듯함이 더 컸다.

슈퍼마켓에 도착하면 먼저 바구니 보관대로 아저씨를 안내한다. 아저씨가 바구니를 들면 으레 주인아줌마가 와서 도와준다. 그동안 나는 슈퍼마켓 앞에서 기다린다. 필요한 물건을 사고 나면 아저씨는 늘 시장 입구에 있는 족발집에 들렀다. 우리가 갈 때마다 족발집 할머니가 내 몫의 뼈다귀를 듬뿍 챙겨 주시기 때문이다.

득팔 아저씨와 나의 외출은 이 정도였다. 하지만 아직 앞이 안 보이는 데 익숙하지 않은 득팔 아저씨에게는 이것도 커다란 도전이었다. 비록 동네 슈퍼마켓에 다녀오는 일이지만, 장보기에 성공할 때마다 아저씨도 나도 뿌듯하고 서로가 자랑스러웠다.

아저씨는 천천히 예전 모습을 찾아가고 있었다.

봄이 왔다. 제법 따스한 공기가 느껴지는 날, 아저씨가 큰 소리로 나를 불렀다.

"삼식아, 이리와 봐."

나는 아저씨에게 다가갔다. 아저씨는 라디오를 듣고 있었다.

"…… 서울 종로구에 있는 종로구 장애인종합복지관에서는 컴퓨터를 배울 시각장애인을 모집합니다. 이번 정보화 교육은 화면을 볼 수 없는 시각장애인을 위해 스크린리더라는 특수한 프로그램을 사용해 시각장애인도 인터넷 등 컴퓨터를 이용할 수 있게 하기 위한 교육으로……."

아저씨는 기분이 무척 좋아 보였다. 미소를 띠고 내 머리를 쓰다듬으며 말했다.

"삼식아, 들었니? 시각장애인도 컴퓨터를 할 수 있대. 눈이 보이지 않아도 컴퓨터를 할 수 있다는구나!"

나는 힘차게 꼬리를 흔들어 대답했다.

-아저씨라면 뭐든지 할 수 있어요!

아저씨는 조금 전 라디오에서 나온 곳으로 전화를 걸었다.

다음 날부터 아저씨와 나는 복지관에 가서 컴퓨터를 배우기로 했다. 그런데 복지관에 가는 첫날부터 쉽지 않았다. 복지관에 가려면 버스를 타야 했기 때문이다.

“큰 개는 못 타요! 승객들이 싫어해서 안 되니까 비켜요!”

버스 운전사 아저씨가 퉁명스럽게 말하고는 버스 문을 닫아 버렸다. 득팔 아저씨가 사정도 하고 화도 내 보았지만 어쩔 수 없었다. 운전사 아저씨들은 버스 문을 열었다가도 아저씨 옆에 있는 나를 보면 고개를 저으며 문을 닫아 버렸다.

나는 아저씨의 안색을 살폈다. 혹시 나를 두고 가거나 복지관 가는 걸 포기할까 봐 걱정이 되었다. 그런데 아저씨는 뭔가 결심한 듯 입을 꾹 다물고 있다가 나에게 물었다.

“삼식아, 너 뛰는 거 자신 있지?”

-그럼요!

컹컹.

나는 주변 사람들이 놀랄까 봐 작은 소리로 짖었다. 아저씨가 내 마음을 눈치챘는지 웃으며 말했다.

“나도 자신 있어! 홍득팔 하면 달리기, 달리기 하면 홍득팔 아니냐! 자, 복지관까지 뛰어, 아니 아직은 길을 잘 모르니까 오늘은 걸어가자!”

우리는 천천히 물어물어 복지관까지 걸어갔다. 몇 번 더 가다 보면 그다음에는 길을 익힐 수 있을 것 같았다. 그런데 문제는 버스만이 아니었다. 나 같은 개는 복지관에도 들어갈 수 없었다. 아저씨는 내가 없으면 한 걸음도 못 다닌다고 열심히 설명했다. 하지만 복지관의 사회복지사는 안 된다는 말만 되풀이할 뿐이었다. 역시 하네스가 없는 게 문제였다.

나는 할 수 없이 아저씨가 복지관에서 컴퓨터를 배우는 동안 복지관 앞을 서성이며 기다려야 했다.

–하네스만 있으면 어디든 갈 수 있을 텐데.

나는 아저씨를 그림자처럼 따라다닐 수 없는 게 속상했다. 그런데 아저씨도 나와 같은 생각을 한 모양이었다. 어느 날, 아저씨는 나를 데리고 집을 나섰다. 미리 부른 택시를 타고 한참 달려 도착한 곳에는 '안내견 학교' 라는 간판이 붙어 있었다. 아저씨는 그곳에서 훈련사 아저씨를 만났다.

"우리 삼식이한테도 안내견이라는 표시를 달 수 있을까요? 그 뭐라더라……."

아저씨가 말을 더듬거리자 훈련사 아저씨가 웃으며 친절하게 대답했다.

"하네스 말씀하시는 거죠?"

아저씨는 쑥스러운 듯 웃었다.

"아, 맞아요! 하네스."

훈련사 아저씨가 친절하게 설명했다.

"안내견 표시라면, 방금 말씀하신 하네스가 있고, '안내견' 이라고 쓰인 안내견 옷이 있어요. 또 보건복지부에서 발행하는

'장애인보조견 표지' 도 있죠. 이것들이 있으면 대중교통도 이용할 수 있고, 공공장소나 식당에도 출입할 수 있습니다. 장애인복지법에 따라 편의 시설에 대한 장애인보조견의 접근권이 보장되어 있거든요."

득팔 아저씨는 훈련사 아저씨의 말에 맞장구를 쳤다.

"바로 그게 필요하거든요. 제가 요즘 컴퓨터를 배우러 복지관에 다니는데, 삼식이랑 같이 다니기가 힘들어요. 보시다시피 우리 삼식이는 아무 표시가 없거든요. 어떻게 방법이 없을까요?"

아저씨는 나의 맨등을 쓰다듬었다. 나도 훈련사 아저씨를 간절한 눈으로 바라보았다. 하지만 훈련사 아저씨는 미안한 얼굴로 입을 열었다.

"죄송하지만 하네스는 정식 안내견만 할 수 있습니다. 정식 안내견이란 우리 안내견 학교에서 정식으로 훈련해서 키운 개를 말하고요."

아저씨는 애원하는 얼굴로 거듭 말했다.

"그럼 삼식이도 여기서 훈련을 받으면 되잖습니까?"

훈련사 아저씨는 곤란한 표정으로 고개를 저었다.

"선생님, 죄송하지만 그건 안 됩니다. 삼식이는 너무 컸어요. 안내견은 태어날 때부터 죽을 때까지 엄격한 관리가 필요합니다. 안내견 학교에서 훈련하는 강아지들은 안내견으로 가장 적합한 품성과 혈통이 검증된 종견과 모견에게서 태어나요. 그러고도 몇 단계를 더 거쳐 안내견으로 성장하는 거고요."

나는 아저씨를 쳐다보았다. 아저씨는 무릎 위에 놓인 내 목걸이 줄만 만지작거리고 있었다. 결국 나는 안내견이 될 수 없다는 말이다. 우리가 안타까워하는 것을 보고 훈련사 아저씨가 아저씨의 손을 잡으며 말했다.

"차라리 우리 안내견 학교에 분양 신청을 하시죠. 시각장애인을 위해 무상으로 안내견을 분양하고 있으니까요."

나는 덜컥 겁이 났다. 아저씨가 생활하는 데는 안내견이 꼭 필요하다. 그런데 나는 안내견이 될 수 없다. 그렇다면 아저씨는…….

"아니요, 난 이 녀석 아니면 어떤 안내견도 싫습니다."

꼬리를 무는 불안한 생각들을 자르듯 득팔 아저씨가 단호하게 말했다.

아저씨와 나는 안내견 학교를 나섰다. 이제 하네스를 입으리라는 희망은 사라졌다. 나는 절대 안내견이 될 수 없다. 아저씨와 함께 걷는 내 걸음이 천근만근 무겁게 느껴졌다. 그래도 아저씨가 나 말고 다른 안내견은 필요 없다고 한 것은 기뻤다.

집으로 돌아오자 아저씨는 옷장을 뒤졌다. 한참 뒤 아저씨가 나를 불렀다.

"삼식아, 이리 와 봐."

아저씨의 손에는 노란 조끼가 들려 있었다.

-이걸 나보고 입으라고요?

나는 끙 하고 배를 깔고 엎드렸다. 아저씨가 용케 노란 조끼를 찾아낸 것까진 좋았는데, 그 위에 삐뚤빼뚤 커다랗게 쓰여 있는 '안내견 삼식이' 라는 글씨는 정말 촌스러웠다. 아저씨는 내가 꼼짝 않고 엎드려 있는 걸 보더니 빙긋 웃었다.

"왜? 마음에 안 들어? 멋지잖아! 이거, 이래 봬도 우리 만수가 유치원 다닐 때 입던 조끼야. 게다가 내가 또 글씨를 잘 쓰거든. 허허허."

나는 눈을 감아 버렸다. 아저씨의 고집이라면 어떻게든 이 옷을 입힐 게 뻔했다. 아저씨는 나를 위로해 주고 싶은 듯했다.

아저씨가 내 옆으로 다가와 앉더니 다정한 목소리로 말했다.

"까짓것, 지금까지도 잘해 왔잖아. 앞으로도 이렇게만 하면 되지 않겠니? 누가 뭐래도 삼식이 넌 내 안내견이야. 내 눈이라고!"

다음 날부터 나는 그 이상한 조끼를 입었다. 하지만 버스를 탈 수도 복지관에 들어갈 수도 없었다. 그런 모습으로 길에 나가면 사람들이 우리를 보고 킥킥거렸다. 나는 부끄러워서 얼굴을 들 수 없었지만, 아저씨는 뭐가 그리 자랑스러운지 더 당당하게 어깨를 펴고 천천히 걸었다.

시간이 지나면서 득팔 아저씨와 나는 동네에서 제법 유명 인사가 되었다. 그러다 보니 어떤 곳에서는 아저씨가 사정을 하거나 잘 설명하면 나를 들여보내 주기도 했다. 하지만 아저씨와 내가 절대 함께 들어갈 수 없는 곳이 있었다. 바로 식당이었다. 식당에서는 개가 들어오면 털이 날리고 지저분해진다는 이유로 한사코 못 들어오게 했다. 그래도 우리가 갈 수 있는 식당이 하나 있었는데, 바로 시장 입구에 있는 족발집이었다. 평소에도 나를 위해 뼈다귀를 듬뿍 싸 주시던 할머니는 우리가 들를 때마다 반갑게 맞아 주셨다.

봄비가 촉촉이 내리는 날, 복지관에서 나온 아저씨의 발길이 족발집으로 향했다. 족발집에는 김 경장 아저씨가 먼저 와서 기다리고 있었다.

"선배님, 여기입니다."

김 경장 아저씨가 일어서며 손짓을 했다. 나는 아저씨를 김 경장 아저씨가 있는 자리로 안내했다. 아저씨와 김 경장 아저씨가 자리에 앉자 나는 식탁 밑으로 들어갔다. 할머니 족발집에 오면 내가 늘 있어야 하는 장소다.

김 경장 아저씨가 아저씨 앞에 술잔을 놓으며 말했다.

"선배님, 요즘 좋아 보이십니다."

아저씨는 족발 접시에서 고기 몇 개를 집어 식탁 밑의 나에게 주며 말했다.

"허허, 그래? 요즘 컴퓨터 배우고 있어."

"컴퓨터요? 아니, 화면을 볼 수 없어도 컴퓨터를 할 수 있어요?"

아저씨가 쑥스러운 듯 웃었다.

"김 경장도 잘 모르는구나. 하긴 나도 그랬어. 화면을 소리로 읽어주는 프로그램이 있어. 그걸 이용하면 컴퓨터를 할 수 있지. 요즘 그거 배우는 재미로 살아."

김 경장 아저씨는 고개를 주억거리고는 아저씨 잔에 술을 따랐다.

"그렇군요. 그런데 선배님, 복직은 어떻게 하실 생각이십니까? 이제 복직할 수 있는 기간이 얼마 남지 않았는데……."

아저씨는 단숨에 술잔을 비우고는 한숨을 쉬었다.

"이 눈으로 복직이 되겠어? 괜히 다른 사람들만 귀찮게 하지."

김 경장 아저씨가 고개를 저으며 단호하게 말했다.

"선배님, 그래도 꼭 복직하셔야 합니다. 선배님이 그토록 원했던 경찰 아닙니까? 경찰이 꼭 범인을 잡는 일만 하는 건 아니니까 선배님이 하실 만한 일이 얼마든지 있을 겁니다. 경찰서 내

근직도 있고, 112 전화 접수 같은 업무도 있잖습니까?"

나는 식탁 밑에서 두 사람의 이야기를 들었다.

-김 경장 아저씨 말이 맞아요. 아저씨는 뭐든지 잘할 수 있어요.

아저씨는 이제 집에서도 무엇이든 척척 해내고 있다. 집에서처럼만 한다면 파출소에서도 못할 게 없을 것이다.

김 경장 아저씨와 득팔 아저씨는 한동안 이런저런 이야기를 나누었다.

"그나저나 요즘 파출소는 어때?"

"말도 마십시오. 요즘 체력 단련 하느라 난리들입니다."

"무슨 소리야?"

"경찰청장님이 새로 바뀌고 나서 경찰의 체력 단련을 위해 체육대회를 한대요. 산악 마라톤, 사이클, 수영 …… 종목도 다양해요. 한 가지 이상은 꼭 참가해야 한답니다. 우승한 사람에게는 경찰청장님 포상과 1계급 특진의 기회도 있다네요."

"그래? 재미있겠는데. 예전 같으면 나도 한번 도전해 볼 텐데."

"아, 선배님, 정말 한번 도전해 보시는 게 어때요? 선배님은 우리들 사이에서도 알아주는 강철 체력 아닙니까? 특히 등산은 절대 뒤지지 않으니 산악 마라톤에 도전해 보시는 게 어떨까요?

이 기회에 선배님도 뭔가 할 수 있다는 것을 보여 주시고요."

"쓸데없는 소리! 우리, 술이나 마시자고."

그날 밤, 아저씨는 잠을 이루지 못했다. 밤새 뒤척이는 소리가 들렸다. 그 뒤로도 아저씨는 며칠 동안 깊은 생각에 잠겨 있었다. 그러더니 불쑥 나에게 말했다.

"삼식아, 내가 할 수 있을까? 만약 내가 다시 설악산 대청봉에 오를 수 있다면 경찰관 복직도 용기 내서 도전해 볼 텐데 말이야."

-그럼요, 아저씨는 할 수 있어요. 제가 끝까지 도와드릴게요.

컹컹.

나를 물끄러미 바라보던 아저씨의 얼굴에 천천히 미소가 번졌다. 나는 아저씨에게 용기를 주고 싶었다. 그때 벽에 걸려 있는 아저씨의 경찰 모자가 눈에 들어왔다. 아저씨가 출근할 때면 늘 쓰던 모자였다. 나는 벌떡 일어나 거실로 나갔다. 그리고 거실에서부터 달려와 벽에 걸린 모자를 향해 힘껏 뛰어올랐다. 예전에 준이가 던진 원반을 입에 물듯 가볍게 모자를 물었다. 그리고 반 바퀴 회전을 해서 멋지게 방바닥에 내려앉았다.

무슨 일인지 영문을 몰라 두리번거리던 아저씨는 내가 경찰 모자를 내밀자 상황을 알아차렸다. 모자를 받아 든 아저씨의 얼굴이 밝아졌다. 아저씨는 자리에서 벌떡 일어나 경찰 모자에 덮여 있던 먼지를 툭툭 털고는 머리에 썼다. 그리고 나를 향해 멋지게 경례를 했다. 오랜만에 홍득팔 경사가 돌아온 것 같았다.

-아저씨, 최고예요! 아저씨는 경찰 모자가 정말 잘 어울린다니까요!

나는 앞발을 아저씨에게 기대고 일어섰다.

"허허허, 삼식아, 너도 좋지? 그래, 한번 해보자. 네가 도와줘야 한다!"

아저씨는 내 앞발을 붙잡고 춤을 추듯 빙글빙글 돌았다. 그러다가 내가 중심을 잃는 바람에 우리는 함께 방바닥에 나동그라졌다.

"어이쿠! 허허허허."

바닥에 넘어져서도 뭐가 그리 좋은지 벙긋 벌어진 아저씨의 입은 다물어지지 않았다.

득팔 아저씨가 참가하기로 한 종목은 산악 마라톤이다. 아저씨와 나는 매일 아침 뒷산 약수터에 오르는 것으로 산악 마라톤 훈련을 시작했다. 아저씨가 워낙 운동을 잘하던 사람이라 뒷산 정도는 문제가 없을 줄 알았는데, 실제로 해보니 그게 아니었다. 나도 평평한 길을 안내할 때보다는 울퉁불퉁한 산을 안내하는 게 훨씬 힘들었다. 아저씨는 돌부리에 걸려 넘어지기 일쑤였고, 내려오다가 발을 헛디뎌 몇 번이나 뒹굴었다. 그래도 우리는 매일 아침 즐겁게 뒷산에 올랐다.

아침에 약수터 가는 일에는 뜻밖의 즐거움이 나를 기다리고 있었다. 약수터에 오는 사람들은 나를 보고 한결같이 훌륭한 개라고 칭찬했다. 그런 이야기를 들을 때면 아저씨와 나의 어깨가 으쓱거렸고 발걸음도 더 가벼워졌다.

이제 뒷산에서는 홍득팔 선수와 삼식이를 모르는 사람이 없을 정도였다. 우리는 산을 오르는 일에도 차츰 익숙해져 갔다.

10
죽음의 계곡

드디어 대회 날이 되었다. 우리가 오를 산은 설악산으로 내설악에서 대청봉에 올랐다가 내려와야 했다. 대회가 시작되는 백담사 입구 주차장은 많은 사람들로 붐비고 있었다. 모두 빨간색, 노란색, 파란색 등의 화려한 운동복을 입은 경찰들과 그들을 응원하러 모인 사람들이었다. 나는 주위를 둘러보았다. 이 많은 사람들 가운데 득팔 아저씨를 응원하는 사람은 보이지 않았다.

"서울청 소속 홍득팔 경사님이십니까?"

득팔 아저씨를 찾는 소리에 나는 뒤를 돌아보았다. 득팔 아저씨보다 키는 작지만 튼튼해 보이는 아저씨가 우리를 보며 웃고 있었다.

"네, 그렇습니다."

"저는 강원청 소속 김성수 순경입니다. 이번 등반 대회에 임무 수행 중 실명하신 경찰관이 참여한다는 이야기를 듣고, 제가 도우미로 자원했습니다."

득팔 아저씨와 김 순경 아저씨는 손을 덥석 잡고 악수를 나누었다. 나는 그제야 산악 마라톤에 참가하려면 도우미가 있어야 한다던 아저씨의 말이 기억났다.

탕!

출발 신호가 울렸다. 주차장을 출발하자 비교적 넓은 등산로가 펼쳐졌다. 화창한 날씨만큼 기분도 상쾌했다. 등산로 옆으로는 계곡물이 흐르고 있었다. 정말 아름다웠다. 득팔 아저씨와 김 순경 아저씨는 서로의 팔목을 끈으로 연결하고 달렸다. 그리고 내 어깨에도 줄을 달아 아저씨가 그 끝을 잡았다. 나와 득팔 아저씨, 김 순경 아저씨는 마치 기차놀이라도 하는 것처럼 줄을 서서 백담 계곡을 따라 달렸다. 함께 출발한 사람들이 모두 앞질러서 달려갔기 때문에 우리 셋만 달리는 것 같았다. 하지만 아저씨도 김 순경 아저씨도 신경을 쓰는 것 같지 않았다.

아저씨가 나에게 말했다.

"삼식아, 어떠냐? 기분 좋지? 저 옆에 흐르는 계곡이 백담 계곡이란다. 우리가 올라갈 대청봉에서 흘러내린 물이 흐르는 거지."

구불구불한 계곡을 따라 이어지는 등산로에는 사람들이 많았다. 사람들은 우리를 보고 박수도 쳐 주고 힘차게 손을 흔들어 보이기도 했다.

한 시간쯤 가니 백담사가 나왔다. 김 순경 아저씨가 좀 천천히 뛰면서 말했다.

"홍 경사님, 지금부터 점점 힘들어지실 겁니다. 산길이 시작됩니다."

아저씨는 말없이 고개를 끄덕였다. 아저씨의 얼굴에서 땀이 흘러내리고 있었다. 그래도 그동안 뒷산을 수없이 오르내리며 훈련한 덕분인지 아저씨의 얼굴은 건강해 보였다.

우리는 백담사를 지나쳐 산길로 접어들었다. 한참 오르다 보니 점점 걸음이 무거워졌다. 길도 험했다. 울퉁불퉁한 계곡을 따라 올라갈 때는 바위에 미끄러져서 넘어질 뻔하기도 했다. 김 순경 아저씨는 득팔 아저씨가 혹시 넘어질까 봐 좀 천천히 가기도 하고, 바위나 좁은 길이 나타나면 일일이 알려 주기도 했다. 하지만 득팔 아저씨는 앞이 안 보이면서도 망설임 없이 발걸음을 내디뎠다.

"홍 경사님, 정말 잘하시는데요. 저보다 훨씬 자신감 넘치고 용감하십니다."

계곡 옆 평평한 바위에 앉아서 쉴 때 김 순경 아저씨가 웃으며 말했다. 득팔 아저씨는 김 순경 아저씨가 건네는 물을 받아 마신 뒤 대답했다.

"사실은 두려워요. 앞도 안 보이고, 험한 길이라는 건 발바닥으로도 느껴지니 넘어질까 봐 무섭죠. 하지만 딱 하나만 생각하기로 했어요. 우리 삼식이, 내가 여기서 넘어지면 우리 삼식이한테 가장 부끄러울 거예요. 그렇지, 삼식아?"

득팔 아저씨가 갑자기 내 이름을 부르는 바람에 나는 깜짝 놀라 고개를 들었다. 아저씨가 이렇게까지 나를 생각하는 줄 몰랐다. 아저씨의 얘기를 듣고 나니 아까 길이 돌투성이라서 발바닥이 아프다고 혼자 투덜거렸던 게 미안하고 부끄러웠다.

우리는 다시 빨리 뛰기 시작했다. 어느덧 날이 어두워지기 시작했고, 주위가 컴컴해지자 길은 더 험하게 느껴졌다.

"벌써 어두워지네. 이제 봉정암까지 다 온 것 같은데."

김 순경 아저씨도 힘이 드는지 혼잣말을 했다. 나도 다리가 아프고 발바닥도 쓰라렸다. 이렇게 오래 걸어본 것은 처음이었다. 더욱이 바위도 많고 나무뿌리가 곳곳에 튀어나와 있는 산길은 정말 힘들었다.

그때 득팔 아저씨가 뛰는 속도를 늦추면서 말했다.

"주위가 캄캄한가요? 허허, 그럼 이제 김 순경님이랑 제 처지가 같아졌군요. 이제부터 제가 실력 발휘를 하겠습니다. 하하하."

"예? 아, 그렇군요! 하하하."

득팔 아저씨의 우스갯소리에 김 순경 아저씨도 힘이 나는 모양이었다. 날이 더 어두워지자 김 순경 아저씨와 나는 길을 잃지 않기 위해 정신을 바짝 차리고 달렸다. 득팔 아저씨도 힘이 드는지 말이 없었다. 우리 모두는 이를 악물고 열심히 달렸다.

마침내 멀리서 사람들의 소리가 들려왔다. 1차 도착지인 봉정암이 분명했다. 나는 뿌듯한 마음에 득팔 아저씨와 김 순경 아저씨를 향해 컹컹 짖었다.

"삼식아, 왜 그래?"

득팔 아저씨가 물었다.

–사람 소리가 들려요. 이제 거의 다 온 것 같아요. 힘내세요.

나는 힘차게 꼬리를 흔들며 앞서 달렸다.

"봉정암이에요! 홍 경사님, 1차 목표 달성하셨어요!"

"아, 마침내 봉정암까지 왔군요!"

득팔 아저씨의 목소리가 떨리고 있었다. 어두워서 보이지 않았지만 어쩌면 아저씨는 눈물을 흘리고 있는지도 모른다.

말없이 걸음을 옮기던 득팔 아저씨가 입을 열었다.

“여기서 대청봉까지는 1시간 30분 정도면 될 겁니다.”

김 순경 아저씨가 놀란 목소리로 물었다.

“어떻게 설악산을 잘 아십니까?”

아저씨는 옛날 생각이 나는지 잠깐 생각하다가 대답했다.

“실명하기 전에는 등산을 아주 좋아했어요. 지금도 내가 걷는 이 길이 눈에 훤히 보이는 듯합니다.”

“저보다 더 잘 아시는 것 같은데요? 자, 그럼 힘을 내서 대청봉까지 한번에 가실까요?”

“그럽시다. 우리 삼식이도 힘내라.”

컹컹.

산악 마라톤 골인 지점은 대청봉 꼭대기였다. 우리가 많이 늦었는지 대청봉에 오르는 길에는 아무도 없었다. 아저씨는 연방 목에 맨 수건으로 땀을 닦고 있었다. 그때 저 멀리 대청봉에서 깜빡이는 불빛이 보였다. 사람들이 우리가 도착하기를 기다리는 모양이었다. 하지만 안타깝게도 대청봉 꼭대기 불빛은 좀처럼 가까워지지 않았다.

득팔 아저씨는 자꾸 넘어졌다. 달빛에 비친 아저씨의 얼굴은 땀범벅이었다. 하지만 굵은 땀방울을 뚝뚝 떨어뜨리면서도 아저씨는 행복해 보였다. 도우미 역할을 맡은 김 순경 아저씨도 득팔 아저씨가 넘어지지 않게 애쓰느라 땀범벅이었다. 그런데도 지쳐 보이지 않고 짜증을 내지도 않았다. 오히려 득팔 아저씨보다 즐거워 보이기까지 했다. 나는 두 아저씨를 보면서 발바닥이 아픈 것도, 힘들어서 다리가 풀리는 것도 참을 수 있었다.

어느새 대청봉 꼭대기의 불빛이 눈앞으로 다가왔다.

"홍 경사님! 마침내 해냈습니다!"

김 순경 아저씨가 기쁜 나머지 고함을 질렀다. 대청봉 꼭대기에서 기다리던 사람들도 우리를 향해 몰려들어 박수를 치며 환호했다.

"대단해요. 정말 훌륭하십니다."

"홍 경사님, 해내셨군요!"

"저 개도 대단하네. 하하하. 노란 옷을 입고 있네."

득팔 아저씨는 대청봉에 도착했다는 확인 증서를 받았다. 사람들이 너나없이 축하의 인사를 건넸지만, 정작 아저씨는 고개 숙여 인사만 할 뿐 아무 말이 없었다. 나는 아저씨가 너무 힘들어서 그러는 거라고 생각했다.

잠시 뒤 나는 바닥에 앉아 쉬고 있는 아저씨에게 달려갔다. 아저씨는 내가 가까이 다가가자 말없이 머리를 쓰다듬어 주었다.

컹컹.

-아저씨, 힘들어서 그러세요? 마침내 대청봉에 오른 게 기쁘지 않으세요?

나는 아저씨 곁에 바짝 다가앉아 꼬리를 힘차게 흔들었다. 그때 아저씨의 어깨가 떨리고 있다는 걸 눈치챘다. 아저씨는 울고 있었던 것이다.

한참 뒤 아저씨가 떨리는 목소리로 말을 꺼냈다.

"삼식아, 왜 이렇게 만수 녀석이 보고 싶은지……. 이제 그 녀석에게 아빠 노릇을 제대로 할 수 있을 것 같아."

나는 아저씨 곁에 배를 깔고 엎드렸다. 아저씨는 한참 동안 내 등을 쓰다듬고만 있었다.

나와 아저씨를 비롯한 산악 마라톤 참가자들은 가까운 대피소에서 하룻밤을 묵고 아침 일찍 산에서 내려가기로 했다. 아저씨는 자리에 눕자마자 금방 곯아떨어졌다. 내 자리는 대피소 문 옆에 마련되었다. 나는 그곳에 엎드렸다. 다리가 저릿저릿 아프던 게 점점 희미해지는 것 같았다. 그러다 나도 모르게 잠이 들었다. 내가 엄청나게 코를 골아서 잠자던 아저씨들이 깨기도 했다는데, 나는 아무것도 모른 채 다디단 잠을 잤다.

다음 날 아침 일찍 사람들이 다 함께 모였다. 아저씨는 예전처럼 활달하고 당당한 홍득팔 경사로 돌아와 있었다. 그런 아저씨를 보니 나도 힘이 솟았다. 산에서 내려가기 전 간단한 운동으로 몸풀기를 할 때 득팔 아저씨가 나에게 말했다.

"삼식아, 내가 밤새 곰곰이 생각해 봤는데, 이제부터 진짜 도전을 해야겠어."

컹컹.

-무슨 도전이요?

"이 홍득팔이랑 홍삼식, 둘만의 도전이야."

득팔 아저씨는 큰 결심이라도 한 듯 입을 굳게 다물었다. 나는 아저씨가 무슨 말을 하는지 알 수 없었다. 그냥 빨리 산에서 내려가 집에서 푹 쉬고 싶은 마음뿐이었다.

"저는 제 안내견과 단둘이 내려갈까 합니다."

득팔 아저씨의 말에 깜짝 놀란 김 순경 아저씨는 단호하게 고개를 저었다.

"안 됩니다, 홍 경사님. 산을 내려가는 것도 힘들어요. 그런데 홍 경사님은 눈도……."

김 순경 아저씨가 엉겁결에 그 말을 하고는 입을 다물었다. 득팔 아저씨가 웃으며 김 순경 아저씨의 어깨를 툭툭 쳤다.

"괜찮아요. 훤히 아는 길이니까."

한참을 고민하던 김 순경 아저씨는 어딘가에서 손바닥 만한 물건을 가져와 아저씨의 조끼 주머니에 넣어 주었다.

"홍 경사님, 무전기예요. 혹시 무슨 일 있으시면……."

득팔 아저씨는 고개를 끄덕이며 김 순경 아저씨의 어깨를 두드렸다.

득팔 아저씨와 나는 단둘이서 골짜기로 들어섰다. 아저씨가 힘차게 말했다.

"삼식아, 지금부터 너랑 나는 죽음의 계곡으로 간다."

죽음의 계곡은 정말 그 이름만큼이나 험해 보였다. 경사가 급한 바위가 곳곳에 솟아 있었다. 내가 아저씨를 안내해야 하는데, 길다운 길이 보이지 않았다. 나는 코를 킁킁거리며 그나마 사람들이 많이 다니는 길을 찾아야 했다.

–아저씨도 참, 여기를 어떻게 가겠다고. 나도 이렇게 겁나는데.

그때 한 걸음 한 걸음 조심스럽게 내디디던 아저씨가 갑자기 뒹굴었다. 발을 헛디딘 모양이었다. 나는 아저씨에게 달려갔다. 아저씨는 넘어져 신음을 하고 있었다. 나는 아저씨 옆에서 컹컹 짖는 일 말고는 아무것도 할 수 없었다.

아저씨가 겨우 몸을 일으키고 나에게 말했다.

"괜찮니?"

나는 안 괜찮다고 말해주고 싶었다.

–아저씨, 이러다가 큰일 나겠어요. 지금이라도 사람들 있는 데로 가요.

아저씨는 다친 데가 없는지 팔다리를 몇 번 굽혔다 폈다 하더니 곧장 일어섰다. 방금 전에 넘어진 사람답지 않게 아저씨의 얼굴에서는 두려움이나 걱정을 찾아볼 수 없었다. 오히려 더 활기차 보였다. 우리는 쉬지 않고 천천히 죽음의 계곡을 내려갔다.

한참 내려갔는데 갑자기 하늘이 컴컴해지기 시작했다. 머리 위로 시커먼 구름이 몰려드는가 싶더니 눈 깜짝할 사이에 사방이 어두워졌다. 그러더니 후드득후드득 비가 내리기 시작했다. 굵은 빗방울이 바위와 나무, 우리의 얼굴 위로 쏟아졌다. 엄청난 비였다.

"이런, 일단 비를 피해야겠다. 삼식아, 어디 비를 피할 만한 데를 찾아봐."

아저씨가 내 어깨에 걸린 줄을 단단히 그러쥐었다. 계곡물이 어느새 무서운 소리를 내며 흘러가고 있었다. 나는 얼른 주변을 살펴서 커다란 바위와 바위가 맞닿아 있는 곳을 찾아냈다. 나는 천천히 그곳을 향해 걸어갔다. 아저씨는 팽팽한 줄을 잡고 조심스럽게 나를 따라왔다.

지붕처럼 맞닿은 바위 밑에 우리는 비에 흠뻑 젖은 채로 웅크리고 앉았다. 나는 몸이 덜덜 떨렸다. 아저씨도 입술이 파래져서 떨고 있었다. 나는 아저씨의 옆구리를 파고들었다. 아저씨도 내 마음을 알았는지 나를 꼭 끌어안았다. 둘의 체온이 서로를 따뜻하게 해 주었다.

몸이 좀 따뜻해지자 득팔 아저씨가 입을 열었다.

"삼식아, 처음 경찰이 되었을 때도 나는 이 산에 올랐단다. 허, 그때도 이렇게 비가 많이 왔어. 정말 경찰이 되고 싶었는데, 그 꿈을 이루었으니 얼마나 기뻤겠어? 그래서 비가 쏟아지는데도 얼마나 행복하고 기뻤는지 모른다. 쏟아지는 빗방울이 나를 축복해 주는 것 같았지."

득팔 아저씨는 말을 멈추고 빗소리가 나는 쪽을 향해 고개를 돌렸다. 마치 빗방울을 바라보는 것처럼 보였다.

"나는 그래도 행복한 편이야. 나이가 들어서 앞을 못 보게 되었으니까. 그래서 이렇게 빗소리를 들으면 내 앞에 어떤 풍경이 펼쳐지는지 상상을 할 수 있잖아. 태어나면서부터 눈이 보이지 않았다면 빗소리를 듣고 무엇을 상상할까? 삼식아, 난 지금 참 행복해. 이것이 경찰로서 마지막 등산일지도 모르지만, 나는 대청봉까지 오르겠다는 목표를 이루었으니까. 게다가 삼식이 너랑 같이 해냈잖아. 삼식아, 곁에 있어 줘서 정말 고맙다."

아저씨가 내 머리를 쓰다듬어 주었다. 나는 아저씨를 바라보며 힘주어 말했다.

-아저씨, 힘내요. 우리는 무사히 산을 내려갈 수 있을 거예요. 그리고 아저씨는 경찰로 복직할 수 있을 거예요. 이걸 성공하면 복직할 수 있다고 했잖아요. 걱정 마세요. 아저씨가 어디에 가든 제가 끝까지 함께할 거예요.

나는 아저씨의 손을 핥았다. 아저씨는 나를 꼭 끌어안았다. 비는 멈추지 않고 계속 내렸다.

지짓 지짓 지짓.

시끄러운 소리에 잠에서 깨니 어느새 비가 그쳐 있었다. 아저씨는 바위에 등을 기댄 채 잠들어 있었다.

"홍득팔 경사, 응답하라. 홍득팔 경사, 응답하라"

지짓거리는 소리에 사람 목소리가 섞여서 들려왔다. 아저씨의 조끼 주머니에서 나는 무전기 소리였다. 그때 아저씨가 제풀에 놀라 잠에서 깨어났다. 아저씨는 조끼 주머니를 더듬어 무전기를 꺼냈다.

"여기는 홍득팔 경사."

"기상 상태가 매우 안 좋다. 가까운 대피소로 대피하라."

"괜찮다. 완주할 예정이다."

"너무 위험하다. 가까운 대피소로 대피하면 구조 헬기를 보내겠다."

"괜찮다. 완주하겠다."

무전기의 목소리가 조심하라며 언제든 요청하면 구조 헬기를 보내겠다고 말했다. 아저씨는 걱정 말라고 한 뒤 무전기를 다시 조끼 주머니에 넣었다.

"삼식아, 일어나야겠다. 이러다간 해가 저물겠어. 밤이 되면 기온이 많이 떨어진단다."

아저씨가 자리에서 일어나자 나도 따라 일어섰다. 아저씨는 다시 내 줄을 잡았다.

"자, 출발!"

우리는 다시 산을 내려갔다. 비가 그친 게 그나마 다행이었지만, 비에 젖은 바위는 몹시 미끄러웠다. 게다가 짙은 안개가 내려앉아 길을 찾기도 쉽지 않았다. 나는 냄새를 맡고 소리를 들으며 조심조심 발걸음을 옮겼다. 아저씨와 나는 함께 넘어지고 뒹굴면서도 멈추지 않고 산을 내려갔다. 그때였다.

"어이쿠."

비명 소리와 함께 아저씨의 커다란 몸이 내 몸을 덮쳤다.

풍덩.

우리는 계곡물에 빠지고 말았다. 불어난 계곡물 속에서 허우적거리며 정신없이 떠내려갔다. 이대로 죽을지 모른다는 공포가 밀려들었다. 나는 아저씨를 찾아보았다. 아저씨는 허우적거리면서도 내 줄을 놓치지 않으려고 애를 쓰고 있었다. 나에게 아저씨의 목숨이 달려 있다는 생각이 들었다. 나는 거센 물살에서 빠져나오기 위해 온 힘을 다해 몸부림쳤다. 아저씨도 나와 마찬가지로 계곡 가까이에 드리워진 나뭇가지라도 잡으려고 애썼다.

다행히 아저씨의 손에 굵은 나뭇가지가 잡혔다. 아저씨는 힘껏 나무에 매달렸다. 그리고 손에 잡고 있던 내 끈을 나무에 휘감았다. 덕분에 우리는 더 이상 떠내려가지 않을 수 있었다. 나는 어깻죽지가 줄에 매달린 채 거센 물살 속에서 흔들리고 있었다. 이러다 줄이 끊어지기라도 하면 다시 물살에 휩쓸리고 말 것이다. 무엇보다 걱정스러운 것은 아저씨였다. 내가 없으면 아저씨는 계곡물이 빠질 때까지 나무에 매달려 있어야 한다. 잘못하다가는 아저씨도 위험하다.

"삼식아! 삼식아!"

아저씨는 거의 울부짖다시피 내 이름을 부르며 줄을 잡아당겼다. 나뭇가지를 다리로 감고 물살을 거슬러 나를 끌어당기느라 아저씨의 손은 피투성이였다. 나는 물속에서 정신을 잃지 않으려고 노력했다. 마침내 아저씨의 피투성이 손이 내 몸 가까이까지 왔다. 아저씨는 있는 힘껏 내 몸을 들어 올렸다. 어디에서 그렇게 엄청난 힘이 나오는지 깜짝 놀랄 정도였다. 아저씨는 옆구리에 덩치 큰 나를 끼고는 나무를 타고 땅으로 내려왔다.

-휴, 살았다.

나는 가쁜 숨을 몰아쉬었다. 아저씨도 힘없이 바닥에 쓰러졌다. 차가운 땅의 감촉을 느끼자 갑자기 눈물이 쏟아졌다.

지금까지 준이네 집에서 살고 있다면 어땠을까? 그럼 이런 고

생은 안 했겠지? 아니야. 그랬다면 소망이도, 지현이 누나도, 득팔 아저씨도 만날 수 없었겠지.

내가 알고 지낸 사람들의 얼굴이 스쳐 지나갔다. 그 가운데에서도 유난히 또렷이 떠오르는 얼굴이 있었다. 바로 소망이였다.

소망이의 모습과 함께 소망이가 사고를 당하던 날의 거리 모습까지 또렷이 떠올라 가슴이 아팠다. 그날 소망이는 길 한가운데에 쓰러져서도 누구를 원망하거나 두려워하지 않았다. 누구보다 많이 아프고 힘들었을 텐데 소망이는 영준이가 괜찮다는 걸 확인하고, 지현이 누나를 걱정했다. 나는 이제야 소망이의 마음을 조금이나마 이해할 것 같았다.

-리버, 너 정말 멋졌어!

소망이의 크고 맑은 눈이 나에게 말하고 있었다. 나는 이 순간에 내가 무엇을 해야 하는지 깨달았다.

-득팔 아저씨!

나는 기진맥진한 몸을 일으켜 득팔 아저씨에게 다가갔다. 아저씨는 두 눈을 꼭 감은 채 꼼짝 않고 누워 있었다.

-아저씨! 아저씨!

컹컹 컹컹.

나는 벌떡 일어나 아저씨의 얼굴을 핥다가 짖다가 했다. 몇 번을 그렇게 하자 아저씨는 대답이라도 하듯 움찔했다. 그러고는 천천히 손을 들어 내 머리를 쓰다듬었다.

"이 녀석 …… 시끄러워서 죽을 수도 없네. 흐흐흐."

아저씨가 힘없이 웃었다.

아저씨와 나는 다시 산을 내려갔다. 어느덧 거칠게 흐르던 계곡물 소리가 약해졌다. 어렴풋이 사람 냄새가 나고 자동차 소리도 들렸다. 산길이 점점 넓어지더니 아스팔트가 나왔고, 저 멀리에서 불빛이 반짝거렸다. 설악동 야영장이었다.

나와 아저씨는 야영장에 도착하자마자 쓰러지듯이 주저앉았다. 아저씨를 바라보니 얼굴과 팔다리 곳곳에 상처가 난 데다 온몸이 흙투성이였다. 내 모습도 그럴 거라고 생각하니 체면이 말이 아니었다. 하지만 우리를 기다리던 사람들 가운데 어느 누구도 비웃지 않았다. 모두 몰려와 박수를 치고 눈물을 흘렸다.

그 사람들 틈에서 김 순경 아저씨가 달려 나왔다.

"홍 경사님! 얼마나 걱정한 줄 아십니까? 사고가 난 줄 알고 수색대가 출발하려던 참이었습니다."

득팔 아저씨가 여유 있게 웃으며 대답했다.

"사고는 무슨! 이렇게 멀쩡히 내려왔잖아."

여기저기서 사람들이 웅성거렸다.

"홍 경사님, 정말 존경합니다!"

"진짜 대한민국 경찰이십니다!"

"삼식이, 정말 대단하다! 정말 보통이 아니라니까."

"둘은 대한민국 최고의 커플이야."

칭찬이 쏟아지자 그동안 쌓인 피로가 다 날아가는 것 같았다. 아저씨도 축하를 받으며 넉살 좋게 농담을 하고 있었다.

"아빠!"

그때 사람들 속에서 들려온 소리에 아저씨가 돌처럼 굳어졌다. 아저씨는 소리가 들리는 쪽을 향해 급히 돌아섰다. 사람들 사이에서 만수가 뛰어나왔다.

"만수야!"

아저씨가 팔을 활짝 벌리자 만수가 와락 품에 안겼다. 만수는 아저씨의 목을 꼭 끌어안았고, 아저씨도 만수를 번쩍 안은 채 그 자리에서 몇 바퀴를 돌았다. 깔깔거리며 웃는 만수를 꼭 껴안은 아저씨의 두 눈에서는 눈물이 계속 흘러내렸다. 나는 사람들 틈에서 아줌마를 찾아냈다. 아줌마도 이미 오래전부터 울고 있었던 모양이었다. 퉁퉁 부은 눈으로 흐느끼고 있었다.

나는 흐뭇한 마음으로 바닥에 주저앉아 발바닥을 핥았다. 발바닥 피부가 다 벗겨져 혀를 댈 때마다 몹시 쓰리고 따가웠다.

"녀석, 엄청 고생했구나."

낯익은 목소리에 고개를 들어보니 김 경장 아저씨가 웃으며 서 있었다. 그런데 그 옆에 지현이 누나도 있었다. 나는 지현이 누나의 눈에 고인 눈물을 보았다.

"삼식아, 고생 많았지? 정말 훌륭해. 아주아주 잘했어!"

누나가 내 머리를 쓰다듬어 주었다. 그 순간 내 눈에서도 눈물이 핑 돌았다.

11
선물

화창한 날씨에 공원 여기저기서 휘황찬란하게 꽃망울이 터졌다. 새파란 하늘에는 구름 몇 조각이 떠 있었다. 나는 구름을 바라보았다. 소망이를 꼭 닮은 구름이 보였다. 나는 소망이와 함께 파란 하늘을 벌판 삼아 달리는 모습을 상상했다. 그리고 소망이를 향해 자랑하듯 큰 소리로 외쳤다.

컹컹.

–소망아! 나, 리버야. 골든리트리버의 리버. 푸른 강물과도 같은 리버. 그런데 이제부터 난 삼식이가 될 거야. 홍삼식! 어때, 멋지지?

새로 온 파출소장님이 파출소 앞에서 경찰 아저씨들에게 지시를 내리고 있었다.

"출동이다. 미아 신고가 들어왔다."

나도 재빨리 달려가 파출소장님 옆에 섰다. 파출소장님은 나를 힐끗 보더니 말을 계속했다.

"박 경장과 오 순경이 한 조가 되고 나와 김 경장, 그리고 삼식이가 한 조가 된다. 아이의 생김새와 옷차림을 잘 알아두도록! 미아 사고는 처음에 어떻게 대응하느냐가 중요하니 모두 긴장하길 바란다."

파출소장님의 말이 끝나자 경찰 아저씨들이 바쁘게 움직이기 시작했다. 나도 파출소장님과 함께 출동 준비를 했다. 우리는 커다란 극장 앞에 도착했다. 극장은 많은 사람들로 북적이고 있었다. 극장 앞으로 가보니 젊은 아줌마가 울고 있었다. 잃어버린 아이의 엄마였다. 아줌마는 파출소장님과 김 경장 아저씨에게 아이의 생김새와 옷차림을 자세히 말해 주었다. 경찰 아저씨들은 흩어져서 아이를 찾기 시작했다.

잠시 뒤 내 코에 어떤 냄새가 스쳐갔다. 아까 아줌마에게서 맡은 것과 비슷한 냄새였다. 나는 냄새를 쫓아 달려갔다.

"삼식아, 뭔가 찾은 거야?"

파출소장님이 나를 따라왔다. 아이는 극장 매표소 옆에서 울고 있었다.

-찾았어요! 저기, 저 꼬마 맞죠?

나는 힘차게 꼬리를 흔들며 아이 앞으로 다가갔다.

"소장님, 체크무늬 셔츠에 청바지, 이 아이가 틀림없네요."

김 경장 아저씨가 아이에게 이름을 물어보고는 무전기로 아이를 찾았다고 알렸다. 아이는 울음을 그치고 극장에서 이렇게 큰 개를 보는 게 신기하다는 듯 나를 쳐다보았다. 아이뿐만이 아니었다. 어느새 나와 아이, 파출소장님과 김 경장 아저씨를 사람들이 둥그렇게 에워쌌다.

파출소장님이 내 머리를 쓰다듬으며 사람들을 향해 큰 소리로 외쳤다.

"우리 파출소 경찰견 삼식이입니다. 잃어버린 아이 찾는 데는 달인, 아니, 달견이죠. 허허허."

"와아아."

사람들이 박수를 치며 웅성거렸다.

"거참 신통하네?"

"잘생긴 데다가 잃어버린 아이도 잘 찾는대요. 세상에!"

여기저기서 사람들이 휴대폰 카메라로 내 사진을 찍었다. 사진 찍는 소리가 요란해지자 파출소장님은 그럴 줄 알았다는 듯 살짝 물러나 뒷짐을 지고 서 있었다.

잠시 뒤 나는 파출소장님을 향해 작고 낮은 소리로 컹 하고 짖었다.

-득팔 아저씨, 이제 그만 돌아가요.

파출소장님, 아니 득팔 아저씨는 고개를 끄덕이고는 내 어깨에 걸린 줄을 잡고 극장을 빠져나왔다.

설악산 산악 마라톤을 무사히 마친 뒤 득팔 아저씨는 정말 복직을 했다. 그것도 그냥 돌아온 게 아니라 경찰청장의 특별 명령으로 파출소장으로 승진을 했다. 이제 '홍득팔 경사'가 아니라 '홍득팔 소장님'이 된 것이다.

파출소로 돌아오는 길에 공원 앞 게시판 앞에서 우리는 다 같이 멈춰 섰다.

'바이올리니스트 김지현 독주회.'

나는 바이올린을 들고 환하게 웃고 있는 지현이 누나를 뚫어지게 쳐다보았다. 그런데 사실 내 눈길을 사로잡은 것은 누나 옆에 서 있는 소망이였다. 그 개는 틀림없이 소망이였다.

"삼식아, 왜 안 가고 서 있어?"

득팔 아저씨가 궁금한 듯 물었다. 옆에 있던 김 경장 아저씨가 대답했다.

"삼식이가 지현 씨 연주회 포스터를 보고 있어요. 지현 씨가 바이올린 독주회를 한답니다. 소망이 같은 안내견과 시각장애인을 위한 바이올린 독주회라네요. 와, 정말 살아 있는 소망이가 옆에 있는 것처럼 잘 만들었네."

며칠 뒤, 아저씨는 나를 데리고 외출을 했다. 오랜만에 양복을 말끔하게 입으니 아저씨가 더 멋있어 보였다. 우리는 대학로에 있는 문예회관으로 갔다. 많은 사람들이 차례로 줄을 서서 입장을 기다리고 있었다. 입장하는 사람들에게 인사를 하고 있는 지현이 누나가 보였다. 나와 아저씨는 줄을 서서 기다렸다. 이윽고 우리 순서가 되었다. 우리가 막 들어가려는데 표를 받는 아저씨가 우리를 가로막았다.

"죄송하지만 들어가실 수 없습니다."

그 말에 득팔 아저씨가 목소리를 높였다.

"왜 못 들어간단 말입니까? 안내견을 위한 연주회라면서요."

표를 받는 아저씨가 나를 쳐다보며 말했다.

"이 개는 안내견이 아니지 않습니까?"

득팔 아저씨는 억울하다는 듯 따졌다.

"이 녀석도 안내견입니다. 나를 안내하는 안내견이요."

표를 받는 아저씨는 고개를 저으며 냉정하게 말했다.

"하네스를 안 입었잖아요. 규정상 정식 안내견 외에는 어떤 동물도 연주회장에 들어갈 수 없습니다."

득팔 아저씨는 기가 막히다는 표정으로 소리쳤다.

"규정? 도대체 무슨 규정이 그렇답니까? 우리 삼식이가 얼마나 훌륭한 경찰견인데…….”

두 사람이 옥신각신하는 사이에 뒤에 서 있던 사람들도 이 문제에 대해 이야기를 나누는지 갑자기 시끌시끌해졌다.

나는 도와줄 사람이 없는지 두리번거렸다. 그때 지현이 누나가 입구 쪽으로 걸어오는 게 보였다.

“안녕하세요, 소장님! 아, 삼식이도 왔구나.”

지현이 누나는 미소를 지으며 인사했다. 얼굴이 벌개져서 화를 내던 득팔 아저씨도 지현이 누나의 인사에 머리를 긁적이며 밝게 웃었다. 지현이 누나는 득팔 아저씨의 이야기를 다 듣고는 옆에 있는 누나에게 작은 소리로 뭐라고 속삭였다.

잠시 뒤 지현이 누나가 커다란 종이가방을 들고 나에게 다가왔다.

“삼식이한테 줄 선물이 있어요.”

누나는 가방을 흔들며 웃었다. 가방을 보자 왠지 모르게 가슴이 두근거리기 시작했다. 가슴속에 묻어 둔 그리움이 몽글몽글 피어나는 기분이었다.

“이게 뭔데요?”

득팔 아저씨가 지현이 누나에게 종이 가방을 받고 물었다. 아저씨는 내 옆에 쪼그리고 앉아 조심스럽게 가방을 열었다.

-이, 이건!

나는 자리에서 벌떡 일어났다. 아저씨는 가방 속에 담긴 물건을 더듬어 만져 보았다.

"지현 씨, 이거 하네스 아닌가요?"

지현이 누나가 대답했다.

"삼식이는 공식적으로 안내견이 될 수 없지만, 소망이 대신 저를 지켜 주었고 또 아저씨를 잘 보살펴 드리고 있어요. 이제 이 하네스의 주인은 삼식이가 되어야 할 것 같아요."

나는 킁킁 냄새를 맡으며 가방 안을 들여다보았다. 가방 속에 노란 조끼와 하네스가 담겨 있었다. 거기에서 소망이 냄새가 났다. 나는 눈물이 왈칵 쏟아질 것 같았다.

"삼식아, 입어 봐야지?"

득팔 아저씨가 조심스럽게 조끼와 하네스를 내게 입혀 주었다.

정말 꿈이 이루어졌다. 그렇게 바라던 하네스를 갖게 된 거다. 그렇게 만나고 싶었던 소망이를 만나게 된 거다.

나는 눈물을 참으며 지현이 누나를 향해 힘껏 꼬리를 흔들었다. 컹컹, 작고 부드러운 소리로 울었다.

-하네스다. 나한테도 하네스가 있다. 이젠 나도 어디든 갈 수 있다. 나도 안내견이 되었다!

득팔 아저씨는 나를 꼭 껴안으며 떨리는 목소리로 말했다.

"삼식아, 이제부터 너는 내 안내견이다. 앞으로 잘 부탁한다."

정말 꿈만 같았다. 나는 이제 소망이가 말한 대로 사람들의 눈이 되는 듬직하고 의젓한 안내견이 된 것이다.

나는 자리에서 일어났다. 득팔 아저씨가 하네스 손잡이를 잡았다.

"자, 이제 공연장에 입장해도 되죠?"

득팔 아저씨가 좀 전까지 말다툼을 하던 표 받는 아저씨를 향해 벙긋 웃으며 물었다. 아저씨는 민망한 듯 웃으며 우리를 안으로 안내했다. 나는 바이올리니스트 김지현 누나의 연주회장으로 홍득팔 아저씨를 안내했다. 이것이 안내견 삼식이의 첫 번째 임무 수행이다.

-끝-

시각장애인 안내견을 소개합니다

안내견이란 무엇인가요?

안내견이란 시각장애인 안내견(Guide Dog for the Blind)으로서 시각장애인의 안전한 보행을 돕기 위해 훈련된 장애인보조견을 말합니다.

현재 한국, 영국, 미국, 뉴질랜드, 일본 등 전 세계 27개 나라에 70여 개의 안내견 양성 기관이 있으며, 약 2만여 마리의 안내견이 활동하고 있답니다. 이러한 안내견 양성 기관은 대부분 비영리 단체로 기부(모금)와 자원봉사자의 도움으로 운영되고 있습니다.

우리나라 최초의 안내견 사용자는 대구대학교 임안수 교수로 1972년 말 미국 유학을 마치고 셰퍼드 품종인 안내견 '사라' 와 함께 귀국했습니다. 이후 외국 기관으로부터 몇 차례의 분양이 이루어졌으나 사후 관리의 어려움과 안내견에 대한 사회적 인식 부족 등으로 정상 활동을 한 경우는 극히 드물었습니다.

국내 양성 기관에서 배출된 최초의 안내견은 1994년 양현봉 씨가 삼성화재 안내견 학교로부터 분양받은 리트리버 품종인 '바다' 입니다. 현재 우리나라에는 전국적으로 60여 마리의 안내견이 활동하고 있습니다.

안내견은 어떻게 알아 볼 수 있나요?

안내견은 하네스, 안내견 옷, 안내견 인식 목줄, 장애인보조견 표지를 착용하고 있습니다.

시각장애인과 함께 하는 안내견의 경우 노란색 옷 위에 하네스(Harness)를 착용하고 있습니다. 하네스는 시각장애인과 안내견이 서로의 움직임을 전달하고 안전하게 보행할 수 있게 설계된 가죽 장구를 말하며 안내견이 보행할 때 착용합니다. 일종의 의사소통 역할을 하는 이 도구를 통해 시각장애인과 안내견은 한 몸처럼 움직일 수 있습니다.

안내견 옷에는 안내견이라는 문구와 함께 안내견 양성 기관이 명시되어 있습니다.

노란색 조끼는 안내견으로 활동 중이거나 안내견 양성 기관에서 안내견 훈련을 받고 있는 안내견이 착용하게 되며, 시각장애인 안내견 또는 맹인안내견이라는 문구가 선명하게 씌어 있어 안내견이라는 것을 쉽게 알 수 있도록 해 줍니다.

빨간색 조끼는 안내견이 되기 위해 자원봉사자의 가정에서 사회화 과정(퍼피워킹)을 거치고 있는 1년 미만의 강아지들이 착용하게 되며, '저는 지금 안내견 공부 중입니다' 라는 문구가 씌어 있습니다. 안내견 훈련을 본격적으로 받기 전 사람들과 함께 사는 적응 훈련을 하고 있으니 혹시 길에서 마주치게 되면 귀엽게 봐주세요.

안내견 인식 목줄은 안내견으로서의 훈련을 마치고 시각장애인에게 분양되면서 지급되는 것으로 활동 중인 모든 안내견은 인식 목줄을 차고 있습니다. 안내견 학교의 이름과 전화번호가 기재되어 있어 비상 시나 급한 연락이 필요할 때 연락이 가능합니다.

또한 모든 안내견과 퍼피워킹 중인 강아지들은 보건복지가족부에서 발행한 "장애인보조견 표지"를 부착하고 있습니다. 이것은 장애인보조견임을 증명하는 것으로, 대중교통수단에 탑승하거나 공공장소 및 숙박 시설, 식당 등 여러 사람이 다니거나 모이는 곳에 출입할 수 있게 도와줍니다.

안내견은 어떤 활동을 하나요?

안내견을 비롯한 장애인보조견들은 장애인복지법에 따라 행동을 보장받고 있습니다. 장애인복지법에는 다음과 같이 명시되어 있습니다.

제36조 (장애인 보조견의 훈련 · 보급지원 등)

① 국가와 지방자치단체는 장애인의 복지증진을 위하여 장애인을 보조하는 데 필요한 장애인보조견의 훈련 · 보급을 지원하는 방안을 강구하여야 한다.

② 보건복지부장관은 장애인보조견에 대하여 장애인보조견 표지(이하 "보조견 표지"라 한다)를 발급할 수 있다.

③ 누구든지 2항의 규정에 의한 장애인보조견 표지를 부착한 장애인보조견을 동반한 장애인이 대중교통수단에 탑승하거나 공공장소 및 숙박시설, 식품접객업소 등 여러 사람이 다니거나 모이는 곳에 출입하고자 하는 때에는 정당한 사유가 없는 한 이를 거부하여서는 아니 된다.

그러나 사람들은 아직 안내견에 대해 잘 모르고 있습니다. 안내견을 데리고 외출한 많은 시각장애인들이 차에 탈 때나 식당에 들어갈 때마다 "안내견은 어디든 동행할 수 있습니다"라고 설명해 주어야 하는 경우가 있습니다. 어떤 경우에는 식당 앞에 개를 묶어 두고 들어오라는 사람들도 있습니다. 몇 년 전에는 쉐라톤워커힐 호텔에서 안내견의 출입을 막아 시각장애인들의 반발을 부른 일도 있었습니다. 하지만 안내견을 비롯한 장애인보조견의 출입을 금지하거나 방해하면 법에 따라 과태료를 물게 됩니다.

장애인 복지법 제80조(과태료)

① 다음 각호에 해당하는 자에 대하여는 200만원 이하의 과태료에 처한다.

-3. 제 36조 제3항의 규정에 위한하여 장애인길잡이표지를 부착한 장애인보조견 등을 동반한 장애인 등의 출입을 정당한 사유 없이 거부한 자

안내견이 되려면 어떻게 해야 하나요?

최초의 안내견은 독일 셰퍼드였습니다. 현재 전 세계에서 활동하는 안내견의 90% 이상은 기질, 품성, 사람과의 친화력, 건강상의 적합성 등이 연구, 검증된 리트리버(Retriever) 품종입니다. 골든리트리버와 래브라도리트리버가 안내견으로 많이 활동하고 있답니다.

골든리트리버는 영국이 원산지로 조상은 러시아 카프카스의 목

양견인 러시아트래커입니다. 19세기 중엽 스코틀랜드의 트위드마우스 경이 세터와 교배해 만들었다고 합니다. 골든리트리버는 짙은 황금색 털을 가진 아름다운 개로 이지적이며 부드러운 느낌을 줍니다. 이 이야기에 나오는 주인공 리버, 아니 삼식이도 이런 골든리트리버종이랍니다. 그런데 사실 골든리트리버는 털이 잘 빠지는 특성 때문에 안내견으로는 래브라도리트리버보다 덜 이용되고 있습니다.

찬물 속에서도 견딜 수 있는 긴 털과 함께 앞발 뒤쪽에는 장식털이 나 있고 수영도 매우 잘해서 수중 운반 등의 작업에도 이용할 정도입니다. 성격이 온순하고 붙임성이 좋은 데다가 충성심이 강하고 지능도 높아 가정에서 일반 애완견으로 키우거나 안내견 등으로 양성한답니다.

래브라도리트리버는 캐나다가 원산지로 뉴펀들랜드 섬 해안의 차가운 바다에서 어망을 회수하거나 운반하도록 훈련되었습니다. 1903년 영국 켄넬클럽(The Kennel Club)에서 공인되었으며, 지금의 이름은 1887년 맘즈베리 백작에 의해 붙여졌습니다. 외모상의 특징으로는 짧고 조밀한 털과 근육질의 균형 잡힌 몸매를 들 수 있습니다.

훈련이 쉽고 성실하여 골든리트리버와 함께 안내견, 경찰견, 마약탐지견 등으로 거의 모든 분야에서 활약하고 있으며, 애완견으로 키우기도 좋습니다. 리트리버 품종은 규칙적인 운동을 시키고 어릴 때부터 다른 동물이나 사람과의 접촉을 통해 사교성을 길러 주는 것이 좋습니다.

안내견의 일생

안내견의 일생을 크게 7단계로 구분해 보면 다음과 같습니다.

1단계는 번식입니다.

안내견 학교에서 번식되는 강아지들은 엄선된 종견(Stud Dog)과 모견(Brood Bitch)으로부터 태어납니다. 안내견의 종·모견은 안내견으로 가장 적합한 품성과 혈통이 검증된 개들 중에서 선발됩니다. 이 이야기에서 리버가 정식 안내견이 될 수 없는 첫 번째 이유라 할 수 있습니다. 골든리트리버라고 해서 아무나 안내견이 될 수는 없는 것입니다.

2단계는 퍼피워킹입니다.

이렇게 선발된 어미개에게서 태어난 강아지들은 젖을 뗀 뒤일반 가정집에 보내져 퍼피워킹(Puppy Walking, 훈련견 위탁 사육 자원봉사) 과정을 거치게 됩니다. 사람들과 함께 살며 사회성을 키우고 생활에 적응하는 것을 배우는 것입니다. 주유소에서 자동차를 타고 가거나 빨간 조끼를 입고 마트에 들어가던 소망이는 모두 이런 퍼피워킹 중이었습니다.

퍼피워킹을 하는 강아지를 키우는 사람들은 모두 자원봉사자들입니다. 물론 위탁 기간 동안 예방접종 및 기본 사육용품 등은 안내견 학교에서 모두 지원하며, 정기적으로 가정을 방문해 사회화 훈련과 사육 관리 등을 도와줍니다.

리트리버 품종은 강아지일 때 정말 예쁘기 때문에 이 책을 읽는 분들도 한번 퍼피워킹 자원봉사를 신청해 보시는 게 좋을 듯하네요.

3단계는 안내견 훈련입니다.

1년간의 퍼피워킹을 마친 강아지는 약 1개월에 걸쳐 안내견으로서의 적합성 유무를 테스트하는 종합 평가를 받게 됩니다. 합격된 개들에 한해 본격적인 안내견 훈련이 시작되지요. 훈련 기간은 6~8개월로 국가나 양성 기관에 따라 조금씩 차이가 나며 훈련 장소는 안내견 학교 외에도 실제 생활 공간인 도로, 상가, 교통수단 등 여러 환경에서 이루어지게 됩니다.

훈련 과정은 대략 배변, 식사 등 기본 훈련과 복종 훈련(Obedience), 지적 불복종 훈련(Disobedience; 장애물이나 위험 상황을 인지해 주인의 명령과는 관계없이 안전한 방향으로 행동하게 하는 훈련), 다양한 상황에서의 보행 및 교통훈련 등으로 구성됩니다.

이 훈련을 마친다고 해서 모두 안내견이 되는 것은 아닙니다. 훈련을 마친 뒤 안내견으로 활동할 수 있는지 까다로운 테스트를 다시 거쳐야 합니다. 함부로 아무 음식을 먹어도 안 되고 동네 개에게 반응을 해서도 안 됩니다. 안내견은 자기가 지날 수 있어도 동행한 시각장애인이 지날 수 없는 길이면 돌아가야 합니다. 10마리가 훈련을 받는다면 3~4마리 정도만 최종적으로 합격해 안내견이 될 수 있습니다.

안내견으로서 부적합하다는 판정을 받은 개들은 치료견이나 재활보조견, 인명구조견 등 적성에 맞는 다른 직업을 찾게 됩니다. 그만큼 안내견이 되기는 힘듭니다.

4단계는 시각장애인과의 만남입니다.

안내견 분양을 원하는 시각장애인의 성격, 직업, 걸음걸이(보폭, 속도), 건강 상태 및 생활환경을 고려해 가장 적합한 안내견을 선정하는 것을 매칭(Matching)이라 합니다. 이를 위해 개체의 특성을 철저히 파악해야 하며, 수차례의 인터뷰를 통해 예비 사용자에 대해 상세한 정보를 얻습니다.

안내견을 분양받는 사용자도 일정한 능력을 갖춰야 합니다. 예비 사용자가 혼자 이동할 능력이 있는가, 개를 관리할 능력이 있는가 등을 먼저 평가하게 됩니다. 능력이 부족하다고 판단될 때는 복지관 등과 협의해 기초 재활 교육을 받을 수 있도록 연계해 주기도 합니다. 매칭(Matching)은 매우 중요한 과정으로 안내견이 충분한 능력을 발휘하여 성공적으로 역할을 수행하는데 큰 영향을 미칩니다.

5단계는 사용자 교육입니다.

시각장애인에게 가장 적합하다고 판단되는 안내견이 선정되면 예비 사용자는 안내견과 함께 4주간의 교육 과정을 거치게 됩니다. 교육 기간 중 2주 동안은 안내견 학교에 마련된 숙소에서 지내며 안내견의 일반 관리를 위한 기초 교육을 받게 되고, 나머지 2주 동안에는 시각장애인의 주거지와 주요 보행 지역을 중심으로 한 현지 교육이 이루어집니다. 이 기간 동안 시각장애인과 안내견은 상호 신뢰를 바탕으로 긴밀한 관계를 형성하게 됩니다. 리버가 아빠와 함께 동물 병원에 갔다가 만난 소망이는 바로 이 훈련 과정 중이었습니다.

6단계는 사후 관리입니다.

안내견이 분양된 뒤에도 정기적으로 훈련사들이 가정을 방문해 시각장애인의 보행 상태와 함께 안내견의 건강 등을 세밀히 점검하고 그에 따른 조치를 취합니다. 매년 두 차례의 정기적인 사후 관리가 이루어지고 필요에 따라 비정기적 사후 관리가 이루어집니다.

7단계는 은퇴견 관리입니다.

보통 안내견은 약 10년 정도 안내견으로 활동하며 이후에는 은퇴를 하게 됩니다. 은퇴한 안내견은 자원봉사자 가정으로 위탁(은퇴견 홈케어)되거나 안내견 학교로 돌아와 편안히 여생을 보내게 됩니다. 은퇴한 안내견의 사용자인 시각장애인에게는 새로운 안내견이 대체분양(Replacement)되는데, 이때도 물론 교육 과정을 거치게 됩니다.

안내견은 어느 정도까지 안내할 수 있나요?

안내견이 네비게이션처럼 가야 할 길의 방향을 잡고 안내해 줄 거라 생각한다면 오산입니다. 안내를 받는 시각장애인의 머릿속에 갈 곳의 지도가 이미 그려져 있어야 합니다. 가야 할 방향을 선택하는 것은 온전히 시각장애인의 몫입니다. 안내견은 시각장애인이 제시하는 방향으로 가면서 위험 요소(웅덩이나 장애물)를 피해 갈 뿐입니다. 시각장애인과 안내견은 서로 역할을 분담하는 상호 보완적 관계라 할 수 있습니다.

그렇다면 시각장애인들이 많이 사용하는 흰 지팡이 보행과 안내견 보행에는 어떤 차이가 있을까요?

흰 지팡이 보행을 할 때는 스스로 장애물을 발견하고 피해 가야 하기 때문에 온 신경이 집중될 수밖에 없습니다. 반면 안내견 보행 때는 안내견이 장애물을 피해가므로 가야 할 방향만 생각하면 됩니다. 그래서 장애물에 대한 스트레스가 훨씬 감소된답니다.

길에서 안내견을 만나면 어떻게 해야 할까요?

지금까지 안내견은 1년에 10~15마리씩, 13년간 총 106마리가 배출되었습니다. 하지만 현재 우리나라에서 활동 중인 안내견은 약 60여 마리 정도입니다. 배출한 안내견과 활동 중인 안내견이 다른 이유는 은퇴한 안내견 대신 새 안내견이 대체 분양되었기 때문입니다. 물론 안내견이 끝까지 임무를 수행하지 못하는 경우도 있습니다. 이 이야기 속의 소망이처럼 사고나 병으로 죽게 되는 경우도 있지요. 몇 년 전 방영되었던 텔레비전 드라마 속의 토람이는 병으로 죽은 안내견이었습니다.

그러면 안내견이 중도에 죽거나 은퇴를 하면 안내견이 사용하던 하네스는 어떻게 될까요? 원칙적으로는 안내견 학교에서 회수하게 됩니다. 이 이야기에서처럼 소망이가 사용하던 하네스를 리버에게 선물로 주는 일은 사실상 일어나기 어렵습니다.

시각장애인들이 안내견과 함께 외출할 때면 많은 사람들이 관심을 보입니다. 우선 안내견으로 이용되는 리트리버 품종의 개가 덩치가 크고 생김새가 예쁘기 때문에 다양한 반응이 나옵니다. 커다란 덩치 때문에 슬슬 피하는 경우도 있고, 머리를 쓰다듬으며 예쁘다고 하는 사람도 있습니다. 어린아이들이나 학생들은 안내견에게 과자나 아이스크림을 주는 경우도 있습니다. 하지만 이런 행동들은 안내견이나 시각장애인에게 좋은 일이 아닙니다. 특히 음식을 함부로 주어서는 절대 안 됩니다. 안내견은 식당 등 어디에나 가야 하기 때문에 음식의 유혹에 흔들려서는 안 됩니다. 그런데 안내견에게 아무나 먹을 것을 주게 되면 이런 유혹에 흔들리게 됩니다.

또 안내견은 시각장애인의 눈이 되어 안내해야 때문에 매우 긴장한 상태입니다. 이런 상태에서 사람들이 머리를 쓰다듬거나 만지면 안내견이 스트레스를 받게 됩니다. 그렇기 때문에 안내견을 만나면 그냥 예쁘게 봐주고 마음속으로만 "착한 일 하네!" 하고 응원해 주는 것이 바람직합니다.

이제 더 많은 시각장애인과 안내견의 이야기가 세상 사람들에게 알려지면 좋겠습니다. 그래서 리버 같은 장난꾸러기 안내견도 많이 볼 수 있었으면 좋겠습니다.

(내용 출처_ 삼성 안내견 학교)

개 다운 개,
리버

내가 안내견을 가까이에서 처음 접한 것은 2005년 가을이었다. RP(망막색소변성증)이라는 희귀 질환으로 점점 시력을 잃어가던 나는 안내견 분양 신청을 했다. 그 뒤 안내견 학교로부터 집을 방문한다는 이야기를 들었고, 훈련사 두 분과 안내견 한 마리가 우리 집을 찾아왔다. 내가 안내견을 이용하는 데 적당한 환경과 자질을 갖춘 사람인가를 확인하기 위한 방문이었다.

우리 집에서 버스 정류장까지 약 300미터를 안내견과 함께 걸었다. 하네스라는 물건도 처음 만져 보았다. 하네스를 통해 전달되던 안내견의 느낌, 그리고 옆에서 '씩씩' 거리던 숨소리는 지금도 잊을 수가 없다. 녀석은 아무 말 없이 묵묵히 나를 안내했고, 버스 정류장에서 돌아오는 길에는 이미 알고 있다는 듯 앞서서 나를 이끌었다. 작은 턱이라도 나오면 그 자리에 우뚝 서서 내게 알려주고, 곁에서 훈련사가 '가자' 고 하면 그제야 다시 발걸음을 옮겼다. 300미터를 왕복한 뒤 훈련사가 가르쳐 준 대로 내가 "잘했어!" 하고 머리를 쓰다듬자 꼬리를 흔들었다. 녀석에게는 한마디의 칭찬이 자신의 안내에 대한 보답으로 충분해 보였다. 처음이자 마지막이었던 안내견 체험은 결혼하고 일본으로 건너와 살면서도 내 머릿속을 떠나지 않았다.

이후 딸아이를 위해 동화를 쓰기로 마음먹고 한두 편 쓰기 시작하면서 언젠가는 안내견 이야기를 꼭 쓰리라고 마음먹었지만 쉽지가 않았다. 무엇보다 안내견을 어떻게 그려야 할지가 내게는 어려운 일이었다. 앞을 보지 못하는 사람을 위한 헌신적인 안내견? 아니면 아직 안내견에 대한 인식이 부족한 우리 사회를 향해 안내견의 존재를 알리는 이야기? 사람과 개가 친구가 되는 아름다운 이야기? 그 어떤 이야기도 담고 싶었고, 또 반대로 그 어떤 이야기도 쓰고 싶지 않았다.

내가 쓰고 싶은 이야기는 개 이야기였다. 어릴 적부터 개를 좋아하신 어머니 덕분에 우리 집에는 늘 개가 있었다. 물론 훌륭한 혈통의 비싼 애완견이 아니라 발바리나 똥개 같은 잡종견들이었다. 그 녀석들은 배가 고프면 밥을 먹고 자고 싶으면 드러누워 잠을 잤으며, 어떤 녀석은 심심하면 마당을 지나가는 쥐를 잡아 장난을 치기도 했다. 밥 주는 사람에게는 꼬리를 치고, 집 앞을 지나가는 사람이 있으면 시끄럽게 짖고, 나와 동생이 놀자고 하면 펄쩍펄쩍 뛰며 온 동네를 싸돌아다니던 그런 개들. 한마디로 정말 개다운 개들이었다.

그런데 내가 만난 안내견은 그리고 이후 만난 몇 마리의 안내견은 개들이 도무지 개답지 않았다. 뭔가에 눌려 있는 것처럼 참아내고 인내하는 안내견들을 보면서 마치 묵묵히 고행하는 성자 같다는 생각이 들기도 했다. 그런 안내견들을 보면서 가슴이 아렸고 개들에게 미안했다. 특히 시각장애인 전시장에서 만났던 한 녀석은 더욱 그랬다. 주인이 안내인의 도움을 받아 전시회를 관람하는 동안 녀석은 몸을 공처럼 둥그렇게 만들어 한구석에 웅크리고 앉아 있었다. 내가 실수로 녀석을 발로 찼는데도 전혀 움직이지 않고 죽은 것처럼 앉아 있는 녀석을 보면서 그렇게 훈련을 시킨 사람들이 미워지기까지 했다.

안내견 같지 않은 안내견. 그것이 내가 쓰고 싶은 안내견 이야기였다. 그런 생각을 하면서 조금씩 '리버'를 만났다. 나는 처음부터 일반적이고 상식적인 안내견 이야기를 쓸 수가 없었다. 그래서 리버를 안내견이 아닌 일반 애완견에서 출발하는 개로 그리게 되었다. 그래야만 사람들을 향해 짖기도 하고 같이 놀기도 하고 뒹굴기도 하는 개다운 개로서의 리버를 그릴 수 있었기 때문이다.

리버를 처음 떠올린 이후 책으로 나오기까지 2년 정도의 시간이 걸렸다. 그동안 어느 순간에는 컴퓨터 속에 리버를 꽁꽁 매어 두고 쳐다보지 않은 때도 있었다. 하지만 언제나 리버가 있는 폴더 근처를 기웃거리며 '녀석은 뭘 하고 있을까? 지금은 어떤 장난을 치며 놀고 있을까?' 하며 리버와 함께 행복한 시간을 보냈다. 이제 리버가 내 컴퓨터의 좁은 공간에서 뛰쳐나와 더 넓은 세상에서 비와 새벽이와 함께 뛰어노는 상상을 해 본다.

리버가 좁은 내 컴퓨터 안에서 뛰쳐나올 수 있게 도와주신 분들이 많다. 부족한 원고를 보시고 출판을 할 수 있게 도와주신 JPNews의 유재순 대표를 비롯해 선뜻 출판하겠다고 응해 주신 창해출판사의 전형배 사장님, 그리고 원고를 꼼꼼히 편집해 준 최가영 팀장님에게도 감사의 인사를 전한다.

끝으로 컴퓨터 자판을 두드릴 때마다 옆에서 늘 방해한 딸 비와 아내 전영미, 그리고 아들 새벽에게 사랑한다고 말하고 싶다. 조금 있으면 새벽이가 돌을 맞는다. 부족한 아빠가 쓴 리버를 새벽이에게 작은 돌 선물로 주고 싶다.

2010년 8월

비와 새벽이의 아빠 신경호

새우와 고래가 함께 숨쉬는 바다

리버

지은이 | 신경호
펴낸이 | 전형배
펴낸곳 | 도서출판 창해
출판등록 | 제9-281호(1993년 11월 17일)

초판 1쇄 발행 | 2010년 8월 31일
초판 3쇄 발행 | 2012년 4월 30일

주소 | 111-300 서울시 종로구 인사동 5길 20번지(관훈동 198-36) 오원빌딩 602호
전화 | 070-7165-7500(代) / 02-333-5678
팩시밀리 | (02) 322-3333
홈페이지 | www.changhae.net
E- mail | chpco@chol.com
* chpco는 Changhae Publishing Co.를 뜻합니다.

ISBN 978-89-7919-973-4 73810

값·9,000원

이 도서의 국립중앙도서관 출판시도서목록(CIP)은 e-CIP 홈페이지
(http://www.nl.go.kr/cip.php)에서 이용하실 수 있습니다.
(CIP제어번호 : CIP2008002551)